Abraham Pereira Mendes

**Service for the First Nights of Passover**

according to the custom of the German and Polish Jews

Abraham Pereira Mendes

**Service for the First Nights of Passover**
*according to the custom of the German and Polish Jews*

ISBN/EAN: 9783337734657

Printed in Europe, USA, Canada, Australia, Japan

Cover: Foto ©Andreas Hilbeck / pixelio.de

More available books at **www.hansebooks.com**

# SERVICE

## FOR THE

# FIRST NIGHTS OF PASSOVER.

## ACCORDING TO THE CUSTOM OF THE GERMAN AND POLISH JEWS.

### WITH

A COMPENDIUM OF THE LAWS RELATING TO THE FESTIVAL,

AND ITS OBSERVANCES ;

COPIOUS EXPLANATORY NOTES AND A NEW ENGLISH TRANSLATION.

### BY THE

## REV. A. P. MENDES.

*Fourth Edition, carefully revised and corrected.*

## LONDON :

PRINTED AND PUBLISHED BY P. VALLENTINE,

9, HUNTLEY STREET, BEDFORD SQUARE, W.C.,

AND

37, DUKE STREET, E.C.

5638—1878.

# THE FAST OF THE FIRST-BORN.

On the Eve of the Passover every first-born (בכור) son is obliged to fast, in commemoration of the deliverance of the first-born of Israel, when God smote those of Egypt. Exod. xii. 29. During the infancy of the first-born, and till he is able to fast himself, his father fasts for him ; should his father not be alive, his mother fasts instead.

When the Eve of the Passover falls on Sabbath, the first-born fast on the preceding Thursday. When it falls on Friday the fast is duly observed on that day.

---

## RULES FOR PREPARING THE TABLE, &c.

The table should be prepared during daylight,—before the commencement of the festival. It is customary to employ for the purpose the most costly furniture, plate, &c., which we possess, in order to do honour to the occasion, by presenting a contrast to our abject state under the slavery of Egypt.

The head of the family is usually provided with a cushioned seat, and all are arrayed in holiday garments to indicate their great rejoicing.

Every person of the Jewish faith, who may reside in the house, no matter how menial his, or her, position, must be present at the table, and share equally in the solemnities of the occasion.

The table is furnished with the following:

The shank bone of a shoulder of lamb and an egg, both roasted with fire. The former is a memorial of the פסח, paschal lamb, and the latter of the festive-sacrifice, קרבן חגיגה, offered during the existence of the temple.

Three Passover cakes made for this particular purpose, called "Mitzvoth," cakes intended for the fulfilment of the precept.

The bitter herbs, consisting of some lettuce and celery, or chervil and parsley; some persons add horseradish. These are memorlials of the bitterness of our fate in Egypt, as described in Exod. i.

A cup of vinegar or salt and water.

"Haroseth," (חרוסת) a compound of almonds, apples, and other fruit, employed as a memorial of the lime and mortar with which our ancestors were forced to labour in Egypt.

The Mitsvoth, covered between the folds of a cloth, are placed on a dish or salver, and upon them, all the other articles are disposed in the following order:—

| | | |
|---|---|---|
| ביצה<br>The Egg. | | זרוע<br>The Shankbone. |
| חרוסת<br>"Haroseth." | מרור<br>Bitter Herbs. | חזרת<br>Lettuce. |
| מי מלח<br>Salt-water. | | כרפס<br>Chervil and Parsley. |

Nothing should be placed upon the table, save what is absolutely necessary for the due observance of the ceremonial.

---

## THE FOUR CUPS.

Every person is obliged to drink the four cups of wine which are indicated in the service. The capacity of the cup should be one "rebingith"[1] (רביעית), the greater part of which quantity must be drunk at each time.

[1] A "rebingith," is equivalent to the contents of one egg and a half—about the fifth of a pint.

# דיני בדיקת החמץ:

On the evening preceding the 14th Nissan, immediately after the Evening Service, and previous to engaging in any other pursuit, the Master of every family must search for leavened bread through all the apartments of his house in which it is likely to be found, gathering all the leaven which may lie in his way.

Before he begins the search he says:-

בָּרוּךְ אַתָּה יְיָ אֱלֹהֵינוּ מֶלֶךְ הָעוֹלָם אֲשֶׁר קִדְּשָׁנוּ בְּמִצְוֹתָיו וְצִוָּנוּ עַל בִּיעוּר חָמֵץ׃

After having said the Blessing he must be careful not to speak until the conclusion of the search, when securing the pieces of leaven which he has collected, he says :—

*According to the German and Polish Jews.*

כָּל־חֲמִירָא וַחֲמִיעָא דְּאִכָּא בִרְשׁוּתִי דְּלָא חֲמִתֵּיהּ וּדְלָא בִעַרְתֵּיהּ לִבְטִיל וְלֶהֱוֵי כְּעַפְרָא דְאַרְעָא׃

*According to the Spanish and Portuguese Jews.*

כָּל חֲמִירָא דְּאִכָּא בִּרְשׁוּתִי דְּלָא חֲזִתֵּיהּ וּדְלָא בִעַרְתֵּיהּ לֶהֱוֵי בָטִיל וְחָשִׁיב כְּעַפְרָא דְאַרְעָא׃

# LAWS RELATING TO THE SEARCH FOR LEAVEN AND ITS ANNULMENT.

On the evening preceding the 14th Nissan, immediately after the Evening Service, and previous to engaging in any other pursuit, the Master of every family must search for leavened bread through all the apartments of his house in which it is likely to be found, gathering all the leaven which may lie in his way.

Before he begins the search he says:-

Blessed art thou, O Eternal, our God, King of the universe, who hast sanctified us with thy commandments, and commanded us to remove the leaven.

After having said the Blessing he must be careful not to speak until the conclusion of the search, when securing the pieces of leaven which he has collected, he says :—

*According to the German and Polish Jews.*

All manner of leaven that is in my premises, that which I have not seen, as well as that which I have not removed, is hereby annulled, and accounted as the dust of the earth.

*According to the Spanish and Portuguese Jews.*

All leaven that is in my possession, that which I have not seen, as well as that which I have not removed, shall be hereby annulled, and accounted as the dust of the earth,

# דיני בדיקת המין

On the following morning (the 14th day of Nissan) all leaven must be removed before 10 o'clock, when that which was collected the preceding evening is burnt, the master of the house previously saying the following:—

*According to the German and Polish Jews say the following—*

כָּל־חֲמִירָא וַחֲמִיעָא דְאִכָּא בִרְשׁוּתִי דַּחֲמִתֵּיהּ וּדְלָא חֲמִתֵּיהּ דְּבִעַרְתֵּיהּ וּדְלָא בִעַרְתֵּיהּ לִבְטִיל וְלֶהֱוֵי כְּעַפְרָא דְאַרְעָא׃

*According to the Spanish and Portuguese Jews say the following—*

כָּל חֲמִירָא דְאִכָּא בִרְשׁוּתִי דַּחֲזִיתֵיהּ וּדְלָא חֲזִיתֵיהּ דְּבִעַרְתֵּיהּ וּדְלָא בִעַרְתֵּיהּ לֶהֱוֵי בָטֵיל וְחָשִׁיב כְּעַפְרָא דְאַרְעָא׃

If the master of the house should be away from home, he must annul the leaven, as above, wherever he may be, except he appointed another person to do so for him.

If the eve of the Passover should happen on Sabbath, the search must be made on the preceding Thursday evening, and the leaven burnt (but without annulling it) before noon on Friday. Everything leavened must be removed previous to the commencement of Sabbath, reserving only the two meals for Sabbath night and morning. After breakfast on Sabbath morning the cloth on which the meal has been eaten must be shaken out, and the utensils put away with those used for leaven. The master must then duly annul the leaven by saying כל חמירא, as above, whether anything be left from that meal or not. He must be careful in giving the remaining leaven to a gentile that it be not carried into the רשות הרבים *reshuth harabim*, a public place, or he may cover it over with a vessel till the close of the first days of the Feast, when it may be removed. Should a person find leaven in his house during the Passover, and the discovery be made during one of the middle days, it must be removed immediately; but should it be on one of the holydays, he must cover it with some vessel until night (מוצאי י"ט), when it must be removed.

On the following morning (the 14th day of Nissan) all leaven must be removed before 10 o'clock, when that which was collected the preceding evening is burnt, the master of the house previously saying the following:—

*According to the German and Polish Jews say the following—*

All manner of leaven which is in my possession, that which I have seen, as well as that which I have not seen; that which I have removed, as well as that which I have not removed, is hereby annulled and accounted as the dust of the earth.

*According to the Spanish and Portuguese Jews say the following—*

All leaven that is in my possession, that which I have seen, as well as that which I have not seen; that which I have removed, as well as that which I have not removed, shall be hereby annulled, and accounted as the dust of the earth.

If the master of the house should be away from home, he must annul the leaven, as above, wherever he may be, except he appointed another person to do so for him.

If the eve of the Passover should happen on Sabbath, the search must be made on the preceding Thursday evening, and the leaven burnt (but without annulling it) before noon on Friday. Everything leavened must be removed previous to the commencement of Sabbath, reserving only the two meals for Sabbath night and morning. After breakfast on Sabbath morning the cloth on which the meal has been eaten must be shaken out, and the utensils put away with those used for leaven. The master must then duly annul the leaven by saying "All leaven," &c., as above, whether anything be left from that meal or not. He must be careful in giving the remaining leaven to a gentile that it be not carried into the *reshuth harabim*, a public place, or he may cover it over with a vessel till the close of the first days of the Feast, when it may be removed. Should a person find leaven in his house during the Passover, and the discovery be made during one of the middle days, it must be removed immediately; but should it be on one of the holydays, he must cover it with some vessel until night (going out of the Festival) when it must be removed.

# סימן לסדר של פסח:

1 קַדֵּשׁ · 2 וּרְחַץ ·

3 כַּרְפַּס · 4 יַחַץ ·

5 מַגִּיד · 6 רַחַץ ·

7 מוֹצִיא · 8 מַצָּה ·

9 מָרוֹר · 10 כּוֹרֵךְ ·

11 שֻׁלְחָן עוֹרֵךְ · 12 צָפוּן ·

13 בֵּרַךְ · 14 הַלֵּל ·

15 נִרְצָה ·

# ORDER OF PERFORMING THE CEREMONY.

1.—SAY THE SANCTIFICATION.

2.—WASH the hands [without saying the Blessing].

3.—Take the PARSLEY, &c.

4.—DIVIDE the middle cake.

5.—RELATE THE NARRATIVE.

6.—WASH the hands [saying the Blessing].

7.—Say the Blessing " WHO BRINGETH FORTH bread."

8.—Take the uppermost CAKE.

9.—Eat the BITTER HERBS.

10.—WRAP the horseradish and cake with the "charoseth." (1)

11.—PREPARE THE TABLE for the repast.

12.—Eat the HIDDEN, *i. e.* the half of the middle cake which has been put aside.

13.—SAY GRACE after Meat.

14.—SAY THE HALLEL, or Psalms of praise.

15.—Pray for the DIVINE ACCEPTANCE of the Service.

# קַדֵּשׁ·

Fill the first cup and say—

# קִדּוּשׁ שֶׁל פֶּסַח·

## SANCTIFICATION FOR THE PASSOVER.

If the Feast happens on the Sabbath begin here—

וַיְהִי עֶרֶב וַיְהִי בֹקֶר

יוֹם הַשִּׁשִּׁי וַיְכֻלּוּ הַשָּׁמַיִם וְהָאָרֶץ וְכָל צְבָאָם: וַיְכַל אֱלֹהִים בַּיּוֹם הַשְּׁבִיעִי מְלַאכְתּוֹ אֲשֶׁר עָשָׂה· וַיִּשְׁבּוֹת בַּיּוֹם הַשְּׁבִיעִי מִכָּל מְלַאכְתּוֹ אֲשֶׁר עָשָׂה: וַיְבָרֶךְ אֱלֹהִים אֶת־יוֹם הַשְּׁבִיעִי וַיְקַדֵּשׁ אֹתוֹ כִּי בוֹ שָׁבַת מִכָּל־מְלַאכְתּוֹ אֲשֶׁר בָּרָא אֱלֹהִים לַעֲשׂוֹת:

If the Feast happens on a Week-day, or at the conclusion of the Sabbath, begin here.

סַבְרִי מָרָנָן

בָּרוּךְ אַתָּה יְיָ אֱלֹהֵינוּ מֶלֶךְ הָעוֹלָם· בּוֹרֵא פְּרִי הַגָּפֶן:

בָּרוּךְ אַתָּה יְיָ אֱלֹהֵינוּ מֶלֶךְ הָעוֹלָם· אֲשֶׁר בָּחַר־בָּנוּ מִכָּל־עָם· וְרוֹמְמָנוּ מִכָּל־לָשׁוֹן· וְקִדְּשָׁנוּ

## SANCTIFICATION.

Fill the first cup and say—

SANCTIFICATION FOR THE PASSOVER.

If the Feast happens on the Sabbath begin here—

"It was evening, and it was morning,"

The sixth day—" And the heavens and the earth were finished, and all their hosts.   And on the seventh day God ended his work which he had made : thus he rested on the seventh day from all his work which he had made.   And God blessed the seventh day, and sanctified it: because he thereon rested from all his work, which God had created and made."

If the Feast happens on a Week-day, or at the conclusion of the Sabbath, begin here.

Blessed art thou, O Lord, our God! King of the universe, who createst the fruit of the vine.

Blessed art thou, O Lord, our God! King of the universe, who hath chosen us from among all people, and exalted us above all languages, and sanctified us with his commandments; and with love hast thou given us, O

בְּמִצְוֹתָיו · וַתִּתֶּן־לָנוּ יְיָ אֱלֹהֵינוּ בְּאַהֲבָה ( On Sabbath add

שַׁבָּתוֹת לִמְנוּחָה וּ ) מוֹעֲדִים לְשִׂמְחָה חַגִּים וּזְמַנִּים

לְשָׂשׂוֹן · אֶת יוֹם ( On Sabbath add ) הַשַּׁבָּת הַזֶּה וְאֶת יוֹם )

חַג הַמַּצּוֹת הַזֶּה זְמַן חֵרוּתֵנוּ ( On Sabbath add ) בְּאַהֲבָה )

מִקְרָא קֹדֶשׁ זֵכֶר לִיצִיאַת מִצְרָיִם · כִּי בָנוּ בָחַרְתָּ

וְאוֹתָנוּ קִדַּשְׁתָּ מִכָּל הָעַמִּים ( On Sabbath add ) וְשַׁבַּת )

וּמוֹעֲדֵי קָדְשֶׁךָ (בְּ On Sabbath add) בְּאַהֲבָה וּבְרָצוֹן ) בְּשִׂמְחָה

וּבְשָׂשׂוֹן הִנְחַלְתָּנוּ · בָּרוּךְ אַתָּה יְיָ מְקַדֵּשׁ ( on Sabbath

add   הַשַּׁבָּת וְ ) יִשְׂרָאֵל וְהַזְּמַנִּים :

*On Saturday Night* שֶׁהֶחֱיָנוּ *is omitted here, and said after*

בֵּין קֹדֶשׁ לְקֹדֶשׁ *in the next page.*

בָּרוּךְ אַתָּה יְיָ אֱלֹהֵינוּ מֶלֶךְ הָעוֹלָם · שֶׁהֶחֱיָנוּ

וְקִיְּמָנוּ · וְהִגִּיעָנוּ לַזְּמַן הַזֶּה :

*On Saturday Night add the following till* לַזְּמַן הַזֶּה·

בָּרוּךְ אַתָּה יְיָ אֱלֹהֵינוּ מֶלֶךְ הָעוֹלָם : בּוֹרֵא

מְאוֹרֵי הָאֵשׁ :

בָּרוּךְ אַתָּה יְיָ אֱלֹהֵינוּ מֶלֶךְ הָעוֹלָם : הַמַּבְדִּיל

בֵּין קֹדֶשׁ לְחוֹל · בֵּין אוֹר לְחוֹשֶׁךְ · בֵּין יִשְׂרָאֵל

לָעַמִּים · בֵּין יוֹם הַשְּׁבִיעִי לְשֵׁשֶׁת יְמֵי הַמַּעֲשֶׂה ·

Lord, our God! (*on Sabbath say*, Sabbaths for rest, and) solemn days for joy, festivals and seasons for gladness, (*on Sabbath say*, this day of rest, and) this day of the Feast of Unleavened Cakes, the season of our Freedom ; a holy convocation (*on Sabbath say*, in love) a memorial of the departure of Egypt; for thou hast chosen us, and sanctified us above all people: and thy holy (*on Sabbath say*, Sabbaths and) Festivals hast thou caused us to inherit with (*on Sabbath say*, love and favour) joy and gladness. Blessed art thou, O Lord! who sanctifiest (*on Sabbath say*, the Sabbath, and) Israel, and the seasons.

*On Saturday Night the following Blessing is omitted here, and said after " holy and holy," in the next page.*

Blessed art thou, O Lord, our God! King of the universe, who hast preserved us alive, sustained us, and brought us to *enjoy* this season.

*On Saturday Night add the following till " this season."*

Blessed art thou, O Lord, our God! King of the universe, who created the light of the fire.

Blessed art thou, O Lord, our God! King of the universe, who hast made a distinction between *things* sacred and profane : between light and darkness, between Israel and other nations, and between the seventh day and the six days of labour.   Thou hast *also* made a distinction

בֵּין קְדֻשַּׁת שַׁבָּת לִקְדֻשַּׁת יוֹם טוֹב הִבְדַּלְתָּ וְאֶת יוֹם הַשְּׁבִיעִי מִשֵּׁשֶׁת יְמֵי הַמַּעֲשֶׂה קִדַּשְׁתָּ · הִבְדַּלְתָּ וְקִדַּשְׁתָּ אֶת עַמְּךָ יִשְׂרָאֵל בִּקְדֻשָּׁתֶךָ · בָּרוּךְ אַתָּה יְיָ הַמַּבְדִּיל בֵּין קֹדֶשׁ לְקֹדֶשׁ :

*On Saturday Night* שֶׁהֶחֱיָנוּ *is said here instead of where noticed in the preceding page.*

בָּרוּךְ אַתָּה יְיָ אֱלֹהֵינוּ מֶלֶךְ הָעוֹלָם · שֶׁהֶחֱיָנוּ וְקִיְּמָנוּ : וְהִגִּיעָנוּ לַזְּמַן הַזֶּה :

Drink the wine in a leaning position.

# רחץ ·

## WASHING THE HANDS.

Wash the hands without saying the usual blessing.

# כרפס ·

## TAKE THE PARSLEY, ETC.

Take some parsley or chervil, and having dipped it in vinegar, or salt water, distribute it to all present, and say—

בָּרוּךְ אַתָּה יְיָ אֱלֹהֵינוּ מֶלֶךְ הָעוֹלָם בּוֹרֵא פְּרִי הָאֲדָמָה :

# יחץ ·

## BREAK THE MIDDLE CAKE.

The Master of the house breaks the middle cake in the dish, leaving one half between the two whole ones, and places the other half aside for the "Aficomen."

between the holiness of the Sabbath, and the sacredness of
the Festival; sanctified the seventh day above the six
days of labour; and separated, and sanctified thy people
Israel with thy holy service.   Blessed art thou, O Lord!
who maketh a distinction between holy and holy.

*On Saturday Night the following Blessing is said here, instead of where*
*noticed in the preceding page.*

Blessed art thou, O Lord, our God! King of the uni-
verse, who hast preserved us alive, sustained us, and
brought us to *enjoy* this season.

Drink the wine in a leaning position.

## WASHING THE HANDS.

Wash the hands without saying the usual blessing.

## TAKE THE PARSLEY, &c.

Take some parsley or chervil, and having dipped it in vinegar, or
salt water, distribute it to all present, and say—

Blessed art thou, O Lord, our God, King of the uni-
verse, who createst the fruit of the earth.

## BREAK THE MIDDLE CAKE.

The Master of the house breaks the middle cake in the dish,
leaving one half between the two whole ones, and places the other
half aside for the "Áncomer."

B

# מַגִּיד·

## THE SERVICE FOR THE PASSOVER.

He then elevates the dish containing the bone and egg, and all at the table take hold thereof, and say—

הָא לַחֲמָא עַנְיָא דִי אֲכָלוּ אַבְהָתָנָא בְּאַרְעָא
דְמִצְרַיִם · כָּל דִּכְפִין יֵיתֵי וְיֵכוֹל · כָּל דִּצְרִיךְ יֵיתֵי
וְיִפְסַח : הָשַּׁתָּא הָכָא · לְשָׁנָה הַבָּאָה בְּאַרְעָא
דְיִשְׂרָאֵל · הָשַּׁתָּא עַבְדֵי · לְשָׁנָה הַבָּאָה בְּנֵי
חוֹרִין :

Fill the second cup of wine, the youngest present then asks :—

מַה נִּשְׁתַּנָה הַלַּיְלָה הַזֶּה מִכָּל הַלֵּילוֹת · שֶׁבְּכָל
הַלֵּילוֹת אָנוּ אוֹכְלִין חָמֵץ וּמַצָּה הַלַּיְלָה הַזֶּה
כֻּלּוֹ מַצָּה . שֶׁבְּכָל הַלֵּילוֹת אָנוּ אוֹכְלִין שְׁאָר
יְרָקוֹת : הַלַּיְלָה חַזֶּה (כֻּלּוֹ) מָרוֹר · שֶׁבְּכָל הַלֵּילוֹת

# THE SERVICE FOR THE PASSOVER.

He then elevates the dish containing the bone and egg, and all at the table take hold thereof, and say—

[1]This is the bread of affliction which our ancestors ate in the land of Egypt : let all that are hungry enter and eat ; let all that are in want come hither and observe the Passover. This year *we celebrate it* here ; but *we hope* next year *to celebrate it* in the land of Israel: this year we are bondsmen,[2] but next year *we hope* to be freemen.

Fill the second cup of wine, and remove the dish from the table, the youngest present then asks :—

Wherefore is this night distinguished from all other nights, that on all other nights we should eat either leavened or unleavened bread, while on this night *it must be all* unleavened bread ; that on all other nights we should eat any species of herbs, while on this night we eat bitter herbs ; that on all other nights we should not immerse *the herbs we eat* even once, while on this night we do it twice ;

[1] This part of the "Hagadah" dates from the Babylon captivity, when the Chaldaic, in which it is written, was the vernacular, and as such was employed for this hospitable invitation to the poor and needy.          [2] In captivity.

אֵין אָנוּ מַטְבִּילִין אֲפִילוּ פַּעַם אֶחָת: הַלַּיְלָה הַזֶּה שְׁתֵּי פְעָמִים: שֶׁבְּכָל הַלֵּילוֹת אָנוּ אוֹכְלִין בֵּין יוֹשְׁבִים וּבֵין מְסֻבִּין· הַלַּיְלָה הַזֶּה כֻּלָּנוּ מְסֻבִּין:

עֲבָדִים הָיִינוּ לְפַרְעֹה בְּמִצְרָיִם· וַיּוֹצִיאֵנוּ יְיָ אֱלֹהֵינוּ מִשָּׁם בְּיָד חֲזָקָה וּבִזְרוֹעַ נְטוּיָה· וְאִלּוּ לֹא הוֹצִיא הַקָּדוֹשׁ בָּרוּךְ הוּא אֶת־אֲבוֹתֵינוּ מִמִּצְרַיִם הֲרֵי אָנוּ וּבָנֵינוּ וּבְנֵי בָנֵינוּ מְשֻׁעְבָּדִים הָיִינוּ לְפַרְעֹה בְּמִצְרָיִם· וַאֲפִילוּ כֻּלָּנוּ חֲכָמִים· כֻּלָּנוּ נְבוֹנִים· כֻּלָּנוּ זְקֵנִים: כֻּלָּנוּ יוֹדְעִים אֶת הַתּוֹרָה· מִצְוָה עָלֵינוּ לְסַפֵּר בִּיצִיאַת מִצְרָיִם וְכָל הַמַּרְבֶּה לְסַפֵּר בִּיצִיאַת מִצְרַיִם הֲרֵי זֶה מְשֻׁבָּח:

מַעֲשֶׂה בְּרַבִּי אֱלִיעֶזֶר וְרַבִּי יְהוֹשֻׁעַ וְרַבִּי אֶלְעָזָר בֶּן עֲזַרְיָה וְרַבִּי עֲקִיבָא וְרַבִּי טַרְפוֹן שֶׁהָיוּ מְסֻבִּין בִּבְנֵי בְרַק· וְהָיוּ מְסַפְּרִים בִּיצִיאַת מִצְרַיִם כָּל אוֹתוֹ

that on all the other nights we should eat and drink either
in a sitting or a leaning position, while in this night we
all of us lean ?[1]

Place the dish on the table and continue :—

*Because* we were slaves unto Pharaoh in Egypt, and
the Eternal, our God, brought us forth thence, with a
mighty hand and an outstretched arm.    And if the Most
Holy, blessed be He, had not *thus* brought forth our ances-
tors from Egypt, we, and our children, and our children's
children, would have still continued enslaved by Pharaoh[2]
in Egypt.    Therefore, even if we were all of us sages, all
of us men of understanding, all of us elders, all of us
learned in the law, it would still be imperative upon us to
narrate the departure from Egypt; and whoever dilates on
the narrative of the departure from Egypt, is accounted
praiseworthy.

Even as was done by Rabbi Eliezar, Rabbi Joshua,
Rabbi Elazar ben Azariah, Rabbi Akievah, and Rabbi
Tarphon, who, being entertained by the inhabitants of
Berak, were narrating the departure of Egypt all that
night, until their disciples came and said unto them:

---

[1] In testimony of our present independence as compared with the
state of our fathers in Egypt.

[2] The common title of all Egyptian kings.

הגדה של פסח

הַלַּיְלָה · עַד שֶׁבָּאוּ תַלְמִידֵיהֶם וְאָמְרוּ לָהֶם רַבּוֹתֵינוּ הִגִּיעַ זְמַן קְרִיאַת שְׁמַע שֶׁל שַׁחֲרִית׃

אָמַר רַבִּי אֶלְעָזָר בֶּן עֲזַרְיָה · הֲרֵי אֲנִי כְּבֶן שִׁבְעִים שָׁנָה · וְלֹא זָכִיתִי שֶׁתֵּאָמֵר יְצִיאַת מִצְרַיִם בַּלֵּילוֹת · עַד שֶׁדְּרָשָׁהּ בֶּן זוֹמָא שֶׁנֶּאֱמַר לְמַעַן תִּזְכּוֹר אֶת־יוֹם צֵאתְךָ מֵאֶרֶץ מִצְרַיִם כֹּל יְמֵי חַיֶּיךָ · יְמֵי חַיֶּיךָ הַיָּמִים · כֹּל יְמֵי חַיֶּיךָ הַלֵּילוֹת׃ וַחֲכָמִים אוֹמְרִים יְמֵי חַיֶּיךָ הָעוֹלָם הַזֶּה · כֹּל יְמֵי חַיֶּיךָ לְהָבִיא לִימוֹת הַמָּשִׁיחַ׃

בָּרוּךְ הַמָּקוֹם בָּרוּךְ הוּא · בָּרוּךְ שֶׁנָּתַן תּוֹרָה לְעַמּוֹ יִשְׂרָאֵל בָּרוּךְ הוּא׃ כְּנֶגֶד אַרְבָּעָה בָנִים דִּבְּרָה תוֹרָה אֶחָד חָכָם · וְאֶחָד רָשָׁע · וְאֶחָד תָּם · וְאֶחָד שֶׁאֵינוֹ יוֹדֵעַ לִשְׁאוֹל׃

חָכָם מָה הוּא אוֹמֵר מָה הָעֵדוֹת וְהַחֻקִּים וְהַמִּשְׁפָּטִים אֲשֶׁר צִוָּה יְיָ אֱלֹהֵינוּ אֶתְכֶם׃ וְאַף אַתָּה אֱמָר־לוֹ כְּהִלְכוֹת הַפֶּסַח אֵין מַפְטִירִין אַחַר הַפֶּסַח אֲפִיקוֹמָן׃

" Masters, the time hath arrived to read the Morning Shemang."[1]

Rabbi Elazar, the son of Azariah, said, Verily I am a man of nearly seventy years of age: yet was I not able to prove that the narration of the departure from Egypt should be at night, until the son of Zoma expounded it *from the passage* where it is said, " That thou mayest remember the day of thy going forth from Egypt the whole of the days of thy life."[2] " The days of thy life, *said he*, "refer to the days alone, but THE WHOLE OF the days of thy life," include the nights also. The sages, however, explain this text thus: "The days of thy life, refer to this world *only*, but the whole of the days of thy life, include even the time of Messiah.[2]

Blessed be *God*, the Omnipresent. Blessed be He who hath given the law to his people Israel. Blessed be He, whose law speaketh of the four different characters of children, *whom we are to instruct on this occasion*, the wise, the wicked, the simple, and the one who hath not capacity to inquire.

What says the wise son? He asks: " What are the testimonies, the statutes, and the judgments which the Eternal, our God, hath commanded you?"[3] Then thou shalt surely indoctrinate him in the laws of the passover, *duly teaching him* that after the paschal offering no dessert must be added.[4]

---

[1] Portions of the Law (Deut. vi. 4—10, &c.,) which must be read twice daily, as part of our worship.
[2] Deut. xvi. 3.                    [3] Ibid. vi. 20.
[4] Even as the Paschal lamb was the last thing eaten on the night of the Passover, so we now eat a piece of the middle cake " as afico- men," after which nothing more may be eaten.

רָשָׁע מַה הוּא אוֹמֵר מָה הָעֲבוֹדָה הַזֹּאת לָכֶם :
לָכֶם וְלֹא לוֹ · וּלְפִי שֶׁהוֹצִיא אֶת עַצְמוֹ מִן הַכְּלָל
כָּפַר בְּעִקָּר · וְאַף אַתָּה הַקְהֵה אֶת שִׁנָּיו וֶאֱמָר לוֹ
בַּעֲבוּר זֶה עָשָׂה יְיָ לִי בְּצֵאתִי מִמִּצְרָיִם : לִי וְלֹא
לוֹ · אִלּוּ הָיָה שָׁם · לֹא הָיָה נִגְאָל :

תָּם מַה הוּא אוֹמֵר מַה זֹּאת וְאָמַרְתָּ אֵלָיו בְּחֹזֶק
יָד הוֹצִיאָנוּ יְיָ מִמִּצְרַיִם מִבֵּית עֲבָדִים :

וְשֶׁאֵינוֹ יוֹדֵעַ לִשְׁאוֹל אַתְּ פְּתַח לוֹ · שֶׁנֶּאֱמַר
וְהִגַּדְתָּ לְבִנְךָ בַּיּוֹם הַהוּא לֵאמֹר בַּעֲבוּר זֶה עָשָׂה
יְיָ לִי בְּצֵאתִי מִמִּצְרָיִם :

יָכוֹל מֵרֹאשׁ חֹדֶשׁ · תַּלְמוּד לוֹמַר בַּיּוֹם הַהוּא ·
אִי בַּיּוֹם הַהוּא יָכוֹל מִבְּעוֹד יוֹם · תַּלְמוּד לוֹמַר
בַּעֲבוּר זֶה · בַּעֲבוּר זֶה לֹא אָמַרְתִּי · אֶלָּא בְּשָׁעָה
שֶׁיֵּשׁ מַצָּה וּמָרוֹר מֻנָּחִים לְפָנֶיךָ :

מִתְּחִלָּה עוֹבְדֵי עֲבוֹדָה זָרָה הָיוּ אֲבוֹתֵינוּ וְעַכְשָׁיו
קֵרְבָנוּ הַמָּקוֹם לַעֲבוֹדָתוֹ שֶׁנֶּאֱמַר וַיֹּאמֶר יְהוֹשֻׁעַ
אֶל־כָּל־הָעָם · כֹּה אָמַר יְיָ אֱלֹהֵי יִשְׂרָאֵל בְּעֵבֶר
הַנָּהָר יָשְׁבוּ אֲבוֹתֵיכֶם מֵעוֹלָם · תֶּרַח אֲבִי אַבְרָהָם
וַאֲבִי נָחוֹר · וַיַּעַבְדוּ אֱלֹהִים אֲחֵרִים :

וָאֶקַּח אֶת־אֲבִיכֶם אֶת־אַבְרָהָם מֵעֵבֶר הַנָּהָר · וָאוֹלֵךְ
אוֹתוֹ בְּכָל־אֶרֶץ כְּנַעַן וָאַרְבֶּה אֶת־זַרְעוֹ וָאֶתֶּן לוֹ

What says the wicked son? He asks: "What mean you by this service?"[1] He says YOU expressly to except himself; and since he thus excludes himself from the collective body of the nation, he denies a principle of faith. Therefore must thou retort upon him[2] by saying: "This is done, because of what the Eternal did for ME when I came forth from Egypt;"[3] for ME, and not FOR HIM: since had he been there, he would not *have deserved* to be redeemed.

What says the simple son? *He only asks:* "What is this?"[4] But thou must tell him, "With might of hand did the Eternal bring us forth from Egypt, from the house of bondage."

And with him who hath not capacity to inquire, thou must open the discourse, as it is said:[5] "And thou shalt relate to thy son on that day, this is done because of what the Eternal did for me when I went forth from Egypt."

Can this explanation be given from the commencement of the month (Nissan)? *Nay;* scripture expressly states "on that day."[6] If on that day, is it permissible to give it in the day-time? *Nay;* for the text further says "the reason of this." The expression: THE REASON OF THIS, can only be used at THE time when the unleavened bread and bitter herbs are set before thee.[7]

Originally our ancestors were worshippers of idolatry: but now the Omnipresent *God* hath brought us near to his worship, as it is said.[8] And Joshua said unto all the people, thus saith the Eternal, the God of Israel: "On the other side of the river dwelt of old your ancestor Terah, the father of Abraham and the father of Nahor, and they worshipped other gods."

And I took your father Abraham from the other side of the river, and I made him go throughout all the land of

---

[1] Ex. xii. 26.    [2] Heb. Set his teeth on edge.
[3] Ex. xiii. 8.    [4] Ex. v. 14.    [5] Ex. v. 8.
[6] The 14th day on which the Paschal lamb was slaughtered.
[7] IN THE EVENING.    [8] Joshua xxiv. 2—4.

אֶת־יִצְחָק ׃ וָאֶתֵּן לְיִצְחָק אֶת יַעֲקֹב וְאֶת עֵשָׂיו ׃ וָאֶתֵּן לְעֵשָׂו אֶת הַר שֵׂעִיר לָרֶשֶׁת אוֹתוֹ ׃ וְיַעֲקֹב וּבָנָיו יָרְדוּ מִצְרָיִם ׃

בָּרוּךְ שׁוֹמֵר הַבְטָחָתוֹ לְיִשְׂרָאֵל ׃ בָּרוּךְ הוּא שֶׁהַקָּדוֹשׁ בָּרוּךְ הוּא חִשַּׁב אֶת־הַקֵּץ ׃ לַעֲשׂוֹת כְּמָה שֶׁאָמַר לְאַבְרָהָם אָבִינוּ בִּבְרִית בֵּין הַבְּתָרִים ׃ שֶׁנֶּאֱמַר וַיֹּאמֶר לְאַבְרָם יָדֹעַ תֵּדַע כִּי גֵר יִהְיֶה זַרְעֲךָ בְּאֶרֶץ לֹא לָהֶם וַעֲבָדוּם וְעִנּוּ אֹתָם אַרְבַּע מֵאוֹת שָׁנָה ׃ וְגַם אֶת הַגּוֹי אֲשֶׁר יַעֲבֹדוּ דָּן אָנֹכִי וְאַחֲרֵי־כֵן יֵצְאוּ בִּרְכוּשׁ גָּדוֹל ׃

Lift up the cup of wine and say—

וְהִיא שֶׁעָמְדָה לַאֲבוֹתֵינוּ וְלָנוּ ׃ שֶׁלֹּא אֶחָד בִּלְבַד עָמַד עָלֵינוּ לְכַלּוֹתֵינוּ ׃ אֶלָּא שֶׁבְּכָל דּוֹר וָדוֹר עוֹמְדִים עָלֵינוּ לְכַלּוֹתֵינוּ ׃ וְהַקָּדוֹשׁ בָּרוּךְ הוּא מַצִּילֵנוּ מִיָּדָם ׃

Put down the cup.

צֵא וּלְמַד ׃ מַה בִּקֵּשׁ לָבָן הָאֲרַמִּי לַעֲשׂוֹת לְיַעֲקֹב אָבִינוּ ׃ שֶׁפַּרְעֹה לֹא גָזַר אֶלָּא עַל הַזְּכָרִים

Canaan, and I multiplied his seed : and I gave him Isaac ; and I gave unto Isaac, Esau and Jacob ; and I gave Esau Mount Seir to inherit, but Jacob and his children went down to Egypt.

Blessed is He who observeth his promise unto Israel. Blessed is He who even computed *beforehand*, the end of the captivity, in order, *faithfully* to perform what he promised our father Abraham between the parts; as it is said :[1] " God said unto Abraham, Know of a surety that thy posterity shall be a stranger in a land not theirs, and shall serve them : and they shall afflict them four hundred years; and that nation also whom they shall serve, I will judge : they shall afterwards go forth with great substance."

Lift up the cup of wine and say—

And it is that *promise* which has sustained our fathers and ourselves; for not one only has risen up against us, but in every generation some have arisen against us to exterminate us, but the Holy One, blessed be he, always delivers us from their hands.

Put down the cup.

Go forth and learn what Laban, the Syrian, purposed to do to Jacob, our father ; Pharaoh put forth his decree against the males only, while Laban designed to extirpate

[1] Gen. xv. 13, 14.

וְלָבָן בִּקֵּשׁ לַעֲקוֹר אֶת הַכֹּל · שֶׁנֶּאֱמַר אֲרַמִּי אֹבֵד אָבִי וַיֵּרֶד מִצְרַיְמָה וַיָּגָר שָׁם בִּמְתֵי מְעָט וַיְהִי שָׁם לְגוֹי גָּדוֹל עָצוּם וָרָב :

וַיֵּרֶד מִצְרַיְמָה · אָנוּס עַל פִּי הַדִּבּוּר : וַיָּגָר שָׁם · מְלַמֵּד שֶׁלֹּא יָרַד יַעֲקֹב אָבִינוּ לְהִשְׁתַּקֵּעַ בְּמִצְרַיִם אֶלָּא לָגוּר שָׁם · שֶׁנֶּאֱמַר וַיֹּאמְרוּ אֶל־פַּרְעֹה לָגוּר בָּאָרֶץ בָּאנוּ כִּי־אֵין מִרְעֶה לַצֹּאן אֲשֶׁר לַעֲבָדֶיךָ כִּי־כָבֵד הָרָעָב בְּאֶרֶץ כְּנָעַן וְעַתָּה יֵשְׁבוּ־נָא עֲבָדֶיךָ בְּאֶרֶץ גֹּשֶׁן :

בִּמְתֵי מְעָט · כְּמָה שֶׁנֶּאֱמַר בְּשִׁבְעִים נֶפֶשׁ יָרְדוּ אֲבֹתֶיךָ מִצְרָיְמָה וְעַתָּה שָׂמְךָ יְיָ אֱלֹהֶיךָ כְּכוֹכְבֵי הַשָּׁמַיִם לָרֹב :

וַיְהִי שָׁם לְגוֹי : מְלַמֵּד שֶׁהָיוּ יִשְׂרָאֵל מְצֻיָּנִים שָׁם : גָּדוֹל וְעָצוּם · כְּמָה שֶׁנֶּאֱמַר וּבְנֵי יִשְׂרָאֵל פָּרוּ וַיִּשְׁרְצוּ וַיִּרְבּוּ וַיַּעַצְמוּ בִּמְאֹד מְאֹד וַתִּמָּלֵא הָאָרֶץ אֹתָם :

וָרָב : כְּמָה שֶׁנֶּאֱמַר רְבָבָה כְּצֶמַח הַשָּׂדֶה נְתַתִּיךְ

the whole *nation*, as it is said : [1] A Syrian [Laban] had nearly caused my ancestor [Jacob] to perish, and he went down unto Egypt and sojourned there with but few persons, and he there became a nation, great, mighty, and numerous.

"AND HE WENT DOWN INTO EGYPT," constrained by the word of God ; [2] "AND HE SOJOURNED THERE." This teaches that he went not down to settle but to sojourn ; as it is said, [3] " And they said unto Pharaoh, we have come to sojourn in the land, for there is no pasturage for the flocks which thy servants *have*, because the famine is sore in the land of Canaan ; now, therefore, we pray thee, let thy servants dwell in the land of Goshen."

" WITH BUT FEW PERSONS ;" as it is said, [4] " With three score and ten persons thy fathers went down to Egypt; and now the Eternal, thy God, hath made thee as the stars of heaven, for multitude."

" AND HE THERE BECAME A NATION." This teaches that Israel was thus noted, even there *in Egypt*. " GREAT *and* MIGHTY ;" as it is said, [5] " And the children of Israel were prolific, and increased abundantly, multiplied, and became exceedingly mighty, and the land was filled with them."

" AND NUMEROUS ;" as it is said, [6] " I have made thee into a myriad as the growth of the field, and thou hast

[1] Deut. xxvi. 5.　　[2] Gen. xlvi. 3.　　[3] Ibid. xlvii. 4.
[4] Deut. x. 22.　　[5] Exod. i. 7.　　[6] Ezek. xvi. 7.

וָהַרְבִּי וַתִּגְדְּלִי וַתָּבוֹאִי בַּעֲדִי עֲדָיִם שָׁדַיִם נָכֹנוּ
וּשְׂעָרֵךְ צִמֵּחַ וְאַתְּ עֵרֹם וְעֶרְיָה:

וַיָּרֵעוּ אֹתָנוּ הַמִּצְרִיִּים וַיְעַנּוּנוּ וַיִּתְּנוּ עָלֵינוּ עֲבֹדָה
קָשָׁה:

וַיָּרֵעוּ אֹתָנוּ הַמִּצְרִים · כְּמָה שֶׁנֶּאֱמַר הָבָה
נִתְחַכְּמָה לוֹ פֶּן־יִרְבֶּה וְהָיָה כִּי תִקְרֶאנָה מִלְחָמָה
וְנוֹסַף גַּם־הוּא עַל שׂנְאֵינוּ וְנִלְחַם בָּנוּ וְעָלָה מִן־
הָאָרֶץ:

וַיְעַנּוּנוּ · כְּמָה שֶׁנֶּאֱמַר · וַיָּשִׂימוּ עָלָיו שָׂרֵי מִסִּים
לְמַעַן עַנֹּתוֹ בְּסִבְלֹתָם וַיִּבֶן עָרֵי מִסְכְּנוֹת לְפַרְעֹה
אֶת־פִּתֹם וְאֶת־רַעַמְסֵס : וַיִּתְּנוּ עָלֵינוּ עֲבוֹדָה
קָשָׁה · כְּמָה שֶׁנֶּאֱמַר וַיַּעֲבִדוּ מִצְרַיִם אֶת־בְּנֵי
יִשְׂרָאֵל בְּפָרֶךְ:

וַנִּצְעַק אֶל־יְיָ אֱלֹהֵי אֲבֹתֵינוּ וַיִּשְׁמַע יְיָ אֶת־קֹלֵנוּ
וַיַּרְא אֶת־עָנְיֵנוּ וְאֶת־עֲמָלֵנוּ וְאֶת־לַחֲצֵנוּ:

וַנִּצְעַק אֶל־יְיָ אֱלֹהֵי אֲבֹתֵינוּ ·· כְּמָה שֶׁנֶּאֱמַר וַיְהִי
בַיָּמִים הָרַבִּים הָהֵם וַיָּמָת מֶלֶךְ מִצְרַיִם וַיֵּאָנְחוּ בְנֵי־
יִשְׂרָאֵל מִן־הָעֲבֹדָה וַיִּזְעָקוּ · וַתַּעַל שַׁוְעָתָם אֶל־
הָאֱלֹהִים מִן־הָעֲבֹדָה:

וַיִּשְׁמַע יְיָ אֶת־קֹלֵנוּ · כְּמָה שֶׁנֶּאֱמַר וַיִּשְׁמַע אֱלֹהִים

increased and waxed great, and art possessed of excellent ornaments; thy breast are *now* formed and thine hair is grown, whereas thou wast naked and bare."[1]

"AND THE EGYPTIANS ILL-TREATED US, AND AFFLICTED US, AND IMPOSED UPON US HEAVY BONDAGE."[2]

"THE EGYPTIANS ILL TREATED US;" as it is said,[3] "Come, let us deal wisely with them, lest they should multiply, and it come to pass, that when a war should occur, they also be added to our enemies, and fight against us and go up from the land."

"AND AFFLICTED US;" as it is said,[4] "And they set taskmasters over them, in order to afflict them with their burdens: and they built stone cities for Pharaoh, Pithom and Raamses."  "AND THEY IMPOSED UPON US HEAVY BONDAGE;" as it is said,[5] "And the Egyptians made the children of Israel serve with rigor."

"AND WE CRIED UNTO THE ETERNAL, THE GOD OF OUR FATHERS, AND THE ETERNAL HEARD OUR VOICE, AND SAW OUR AFFLICTION AND OUR SORROW, AND OUR OPPRESSION."[6]

"AND WE CRIED UNTO THE ETERNAL, THE GOD OF OUR FATHERS;" as it is said,[7] "It came to pass, after many days, that the king of Egypt died, and the children of Israel sighed on account of the bondage, and they cried, and their plaint went up to God, on account of the bondage.

"AND THE ETERNAL HEARD OUR VOICE;" as it is said,[8]

---

[1] Ezek. xvi. 7.  [2] Deut. xxvi. 6.  [3] Exod. i. 10.
[4] Exod. i. 11.  [5] Exod. i. 13.  [6] Deut. xxvi. 7.
[7] Exod. ii. 23.  [8] Exod. ii. 23.

אֶת־נַאֲקָתָם וַיִּזְכֹּר אֱלֹהִים אֶת־בְּרִיתוֹ אֶת־אַבְרָהָם
אֶת־יִצְחָק וְאֶת־יַעֲקֹב :

וַיַּרְא אֶת־עָנְיֵנוּ • זוֹ פְּרִישׁוּת דֶּרֶךְ אֶרֶץ : כְּמָה
שֶׁנֶּאֱמַר וַיַּרְא אֱלֹהִים אֶת־בְּנֵי יִשְׂרָאֵל • וַיֵּדַע אֱלֹהִים :

וְאֶת־עֲמָלֵנוּ • אֵלּוּ הַבָּנִים • כְּמָה שֶׁנֶּאֱמַר כָּל־הַבֵּן
הַיִּלּוֹד הַיְאֹרָה תַּשְׁלִיכֻהוּ וְכָל־הַבַּת תְּחַיּוּן :

וְאֶת־לַחֲצֵנוּ • זֶה הַדֹּחַק • כְּמָה שֶׁנֶּאֱמַר וְגַם רָאִיתִי
אֶת־הַלַּחַץ אֲשֶׁר מִצְרַיִם לוֹחֲצִים אוֹתָם :

וַיּוֹצִיאֵנוּ יְיָ מִמִּצְרַיִם בְּיָד חֲזָקָה וּבִזְרֹעַ נְטוּיָה
וּבְמֹרָא גָּדוֹל וּבְאֹתוֹת וּבְמֹפְתִים :

וַיּוֹצִיאֵנוּ יְיָ מִמִּצְרַיִם • לֹא עַל יְדֵי מַלְאָךְ • וְלֹא
עַל יְדֵי שָׂרָף • וְלֹא עַל יְדֵי שָׁלִיחַ • אֶלָּא הַקָּדוֹשׁ
בָּרוּךְ הוּא בִּכְבוֹדוֹ וּבְעַצְמוֹ • שֶׁנֶּאֱמַר וְעָבַרְתִּי בְאֶרֶץ
מִצְרַיִם בַּלַּיְלָה הַזֶּה וְהִכֵּתִי כָל־בְּכוֹר בְּאֶרֶץ מִצְרַיִם
מֵאָדָם וְעַד־בְּהֵמָה וּבְכָל אֱלֹהֵי מִצְרַיִם אֶעֱשֶׂה
שְׁפָטִים אֲנִי יְיָ :

וְעָבַרְתִּי בְאֶרֶץ מִצְרַיִם • אֲנִי לֹא מַלְאָךְ : וְהִכֵּתִי
כָל בְּכוֹר • אֲנִי וְלֹא שָׂרָף • וּבְכָל אֱלֹהֵי מִצְרַיִם
אֶעֱשֶׂה שְׁפָטִים • אֲנִי וְלֹא הַשָּׁלִיחַ • אֲנִי יְיָ • אֲנִי
הוּא וְלֹא אַחֵר •

"God heard their groaning, and God remembered his covenant with Abraham, with Isaac, and with Jacob.[1]

" AND HE SAW OUR AFFLICTION;" this refers to the prevention of connubial associations; as it is said,[2] "And God saw the children of Israel and God had knowledge *of their affliction.*

" AND OUR SORROW;" this refers to the destruction of the male children; as it said,[3] " Every son that is born you shall cast into the river, and every daughter ye shall save alive."

" AND OUR OPPRESSION;" this refers to the severity *employed;* as it is said,[4] " And I have also seen the oppression wherewith the Egyptians oppress them."

" AND THE ETERNAL BROUGHT US FORTH FROM EGYPT WITH A STRONG HAND AND WITH AN OUTSTRETCHED ARM, WITH GREAT TERROR, AND WITH SIGNS AND WITH WONDERS."[5]

"AND THE ETERNAL BROUGHT US FORTH FROM EGYPT;" not by the agency of an angel, not by the agency of a seraph, nor by the agency of a messenger; but the Most Holy, blessed be He, in His own majesty, and in His proper person; as it is said,[6] "I will pass through the land of Egypt on this night, and I will smite every first-born in the land of Egypt from man unto beast: and on all the gods of Egypt I will execute judgment. I, the Eternal."

" I WILL PASS THROUGH THE LAND OF EGYPT." I MYSELF and not an angel; "AND I WILL SMITE EVERY FIRST-BORN," I MYSELF and not a seraph; and "ON ALL THE GODS OF EGYPT I WILL EXECUTE JUDGMENT;" I MYSELF and not a messenger: " I THE ETERNAL," I it shall be, and none other.

[1] Exod. ii. 24.    [2] Ibid. ii. 25.    [3] Ibid. i. 22.
[4] Ibid. iii. 9.    [5] Deut. xxvi. 8.    [6] Exod. xii. 12.

בְּיַד חֲזָקָה זוֹ הַדֶּבֶר · כְּמָה שֶׁנֶּאֱמַר הִנֵּה יַד־יְיָ הוֹיָה בְּמִקְנְךָ אֲשֶׁר בַּשָּׂדֶה בַּסּוּסִים בַּחֲמֹרִים בַּגְּמַלִּים בַּבָּקָר וּבַצֹּאן דֶּבֶר כָּבֵד מְאֹד:

וּבִזְרֹעַ נְטוּיָה · זוֹ הַחֶרֶב · כְּמָה שֶׁנֶּאֱמַר וְחַרְבּוֹ שְׁלוּפָה בְּיָדוֹ · נְטוּיָה עַל יְרוּשָׁלָיִם:

וּבְמֹרָא גָּדֹל · זוֹ גִּלּוּי שְׁכִינָה · כְּמָה שֶׁנֶּאֱמַר אוֹ ׀ הֲנִסָּה אֱלֹהִים לָבוֹא לָקַחַת לוֹ גוֹי מִקֶּרֶב גּוֹי בְּמַסֹּת בְּאֹתֹת וּבְמוֹפְתִים וּבְמִלְחָמָה וּבְיָד חֲזָקָה וּבִזְרוֹעַ נְטוּיָה וּבְמוֹרָאִים גְּדֹלִים כְּכֹל אֲשֶׁר־עָשָׂה לָכֶם יְיָ אֱלֹהֵיכֶם בְּמִצְרַיִם לְעֵינֶיךָ:

וּבְאֹתוֹת · זֶה הַמַּטֶּה · כְּמָה שֶׁנֶּאֱמַר וְאֶת־הַמַּטֶּה הַזֶּה תִּקַּח בְּיָדֶךָ אֲשֶׁר תַּעֲשֶׂה בּוֹ אֶת־הָאֹתֹת:

וּבְמֹפְתִים · זֶה הַדָּם · כְּמָה שֶׁנֶּאֱמַר וְנָתַתִּי מוֹפְתִים בַּשָּׁמַיִם וּבָאָרֶץ · דָּם · וָאֵשׁ · וְתִמְרוֹת עָשָׁן:

דָּבָר אַחֵר · בְּיָד חֲזָקָה שְׁתַּיִם · וּבִזְרֹעַ נְטוּיָה שְׁתַּיִם · וּבְמֹרָא גָּדוֹל שְׁתַּיִם · וּבְאֹתֹת שְׁתַּיִם · וּבְמוֹפְתִים שְׁתַּיִם:

אֵלּוּ עֶשֶׂר מַכּוֹת שֶׁהֵבִיא הַקָּדוֹשׁ בָּרוּךְ הוּא עַל הַמִּצְרִיִּים בְּמִצְרַיִם: וְאֵלּוּ הֵן ·

דַּם · צְפַרְדֵּעַ · כִּנִּים · עָרוֹב · דֶּבֶר · שְׁחִין · בָּרָד · אַרְבֶּה · חֹשֶׁךְ · מַכַּת בְּכוֹרוֹת:

"WITH A STRONG HAND ;" this refers to the pestilence, as it is said,[1] "Behold THE HAND of the Eternal is upon thy cattle which is in the field, upon the horses, upon the asses, upon the camels, upon the oxen, and upon the sheep ; *there shall be* a very grievous pestilence."

"AND WITH AN OUTSTRETCHED ARM;" this refers to the sword,[2] even as it is said,[3] "And a drawn sword is in his hand, stretched out over Jerusalem."

"AND WITH GREAT TERROR;" this refers to the visible manifestation of the Divine presence, as it is said,[4] "Or hath God tried to go and take him a nation from the midst of another nation, by trials, by signs, and by wonders, and by war, and by a strong hand, and by an outstretched arm, and by GREAT TERROR, according to all that the Eternal your God did for you in Egypt before your own eyes."

"AND WITH SIGNS;" this refers to the rod *with which the miracles were wrought;* as it is said,[5] "And thou shalt take this rod in thine hand, wherewith thou shalt perform the signs."

"AND WITH WONDERS;" this refers to the plague of blood, as it is said,[6] "And I will show wonders in the heavens, and in the earth, BLOOD and fire and pillars of smoke."

Another explanation *of the text* is as follows, "WITH A STRONG HAND," denotes TWO *plagues*, "AND WITH AN OUT-STRETCHED ARM," *denotes* TWO *more*, "AND WITH GREAT TERROR," TWO *more*, "AND WITH SIGNS," TWO *more*, "AND WITH WONDERS," TWO *more*.

These are the ten plagues which the Most Holy, blessed be He, brought upon the Egyptians in Egypt, viz.—

BLOOD, FROGS, LICE, A MIXTURE OF NOXIOUS VERMIN, PESTILENCE, BLAINS, HAIL, LOCUST, DARKNESS, *and the* SLAYING OF THE FIRST-BORN.

---

[1] Exod. ix. 3.
[2] The sword of destruction wherewith the Lord smote the first-born of Egypt.     [3] Chron. xxi. 16.
[4] Deut. iv. 34.     [5] Exod. iv. 17.     [6] Joel ii. 30.

רַבִּי יְהוּדָה הָיָה נוֹתֵן בָּהֶם סִימָנִים:

דְּצַ"ךְ   עֲדַ"שׁ   בְּאַחַ"ב:

רַבִּי יוֹסֵי הַגְּלִילִי אוֹמֵר · מִנַּיִן אַתָּה אוֹמֵר שֶׁלָּקוּ
הַמִּצְרִיִּים בְּמִצְרַיִם עֶשֶׂר מַכּוֹת · וְעַל־הַיָּם לָקוּ
חֲמִשִּׁים מַכּוֹת · בְּמִצְרַיִם מַה הוּא אוֹמֵר וַיֹּאמְרוּ
הַחַרְטֻמִּים אֶל־פַּרְעֹה אֶצְבַּע אֱלֹהִים הִוא: וְעַל
הַיָּם מַה הוּא אוֹמֵר וַיַּרְא יִשְׂרָאֵל אֶת־הַיָּד הַגְּדֹלָה
אֲשֶׁר עָשָׂה יְיָ בְּמִצְרַיִם וַיִּירְאוּ הָעָם אֶת־יְיָ וַיַּאֲמִינוּ
בַּיְיָ וּבְמֹשֶׁה עַבְדּוֹ:

כַּמָּה לָקוּ בְּאֶצְבַּע · עֶשֶׂר מַכּוֹת · אֱמוֹר מֵעַתָּה
בְּמִצְרַיִם לָקוּ עֶשֶׂר מַכּוֹת · וְעַל הַיָּם לָקוּ חֲמִשִּׁים
מַכּוֹת:

רַבִּי אֱלִיעֶזֶר אוֹמֵר · מִנַּיִן שֶׁכָּל מַכָּה וּמַכָּה שֶׁהֵבִיא
הַקָּדוֹשׁ בָּרוּךְ הוּא עַל הַמִּצְרִיִּים בְּמִצְרַיִם הָיְתָה
שֶׁל אַרְבַּע מַכּוֹת · שֶׁנֶּאֱמַר יְשַׁלַּח־בָּם חֲרוֹן אַפּוֹ
עֶבְרָה וָזַעַם וְצָרָה מִשְׁלַחַת מַלְאֲכֵי רָעִים: עֶבְרָה
אַחַת · וָזַעַם שְׁתַּיִם · וְצָרָה שָׁלֹשׁ · מִשְׁלַחַת מַלְאֲכֵי
רָעִים אַרְבַּע · אֱמוֹר מֵעַתָּה בְּמִצְרַיִם לָקוּ אַרְבָּעִים
מַכּוֹת · וְעַל הַיָּם לָקוּ מָאתַיִם מַכּוֹת:

רַבִּי עֲקִיבָא אוֹמֵר · מִנַּיִן שֶׁכָּל מַכָּה וּמַכָּה שֶׁהֵבִיא
הַקָּדוֹשׁ בָּרוּךְ הוּא עַל הַמִּצְרִיִּים בְּמִצְרַיִם הָיְתָה

Rabbi Yehudah arranged them into mnemonic forms: thus, "DETSACH," "ADASH," "BEACHAB."

Rabbi Jose, the Galilean, asks, Whence canst thou deduce that the Egyptians were smitten with ten plagues in Egypt, and that at the *Red* Sea they were smitten with fifty plagues? *He thus replies:* In Egypt it is said,[1] "The magicians said unto Pharaoh this is the FINGER of God;" and at the *Red* Sea, it is said,[2] "The people saw the mighty HAND wherewith the Eternal had wrought against Egypt, and the people feared the Eternal, and believed in the Eternal, and in his servant Moses.

If then they were smitten with ten plagues by a FINGER ONLY, from this *last passage*[3] it may be deduced, that in Egypt they were smitten with ten plagues, and at the *Red* Sea they were smitten with fifty plagues.

Rabbi Eleazar asks, Whence canst thou deduce that each plague which the Most Holy, blessed be He, brought upon the Egyptians, in Egypt, consisted of four *several* plagues? From where it is said,[4] that "He sent forth against them the fierceness of his anger, wrath, indignation and trouble, a band of evil angels." WRATH is one, INDIGNATION two, TROUBLE three, A BAND OF EVIL ANGELS four: hence it may be deduced that in Egypt they were smitten with fifty plagues, and at the *Red* Sea they were smitten with two hundred plagues.

Rabbi Akeevah says, Whence *canst thou deduce* that each plague which the Most Holy, blessed be He, brought upon the Egyptians in Egypt consisted of FIVE plagues?

---

[1] Exod. viii. 19.        [2] Ibid xiv. 31.
[3] Inasmuch as there are FINGERS on a HAND.    [4] Ps. lxxviii. 49.

שֶׁל חָמֵשׁ מַכּוֹת · שֶׁנֶּאֱמַר יְשַׁלַּח בָּם חֲרוֹן אַפּוֹ עֶבְרָה וָזַעַם וְצָרָה מִשְׁלַחַת מַלְאֲכֵי רָעִים · חֲרוֹן אַפּוֹ אַחַת · עֶבְרָה שְׁתַּיִם · וָזַעַם שָׁלשׁ · וְצָרָה אַרְבַּע · מִשְׁלַחַת מַלְאֲכֵי רָעִים חָמֵשׁ · אֱמוֹר מֵעַתָּה בְּמִצְרַיִם לָקוּ חֲמִשִּׁים מַכּוֹת · וְעַל הַיָּם לָקוּ חֲמִשִּׁים וּמָאתַיִם מַכּוֹת :

כַּמָּה מַעֲלוֹת טוֹבוֹת לַמָּקוֹם עָלֵינוּ :

אִלּוּ הוֹצִיאָנוּ מִמִּצְרַיִם
וְלֹא עָשָׂה בָהֶם שְׁפָטִים דַּיֵּנוּ :
אִלּוּ עָשָׂה בָהֶם שְׁפָטִים ·
וְלֹא עָשָׂה בֵאלֹהֵיהֶם דַּיֵּנוּ :
אִלּוּ עָשָׂה בֵאלֹהֵיהֶם ·
וְלֹא הָרַג בְּכוֹרֵיהֶם דַּיֵּנוּ :
אִלּוּ הָרַג בְּכוֹרֵיהֶם ·
וְלֹא נָתַן לָנוּ אֶת מָמוֹנָם דַּיֵּנוּ :
אִלּוּ נָתַן לָנוּ אֶת מָמוֹנָם ·
וְלֹא קָרַע לָנוּ אֶת הַיָּם דַּיֵּנוּ :
אִלּוּ קָרַע לָנוּ אֶת הַיָּם ·
וְלֹא הֶעֱבִירָנוּ בְתוֹכוֹ בֶּחָרָבָה דַּיֵּנוּ :
אִלּוּ הֶעֱבִירָנוּ בְתוֹכוֹ בֶּחָרָבָה ·
וְלֹא שִׁקַּע צָרֵינוּ בְּתוֹכוֹ דַּיֵּנוּ :

From where it is said,[1] "He sent forth against them the fierceness of his anger, wrath, indignation and trouble, a band of evil angels." THE FIERCENESS OF HIS ANGER is one, WRATH is two, INDIGNATION is three, TROUBLES four, A BAND OF EVIL ANGELS is five. Hence it may be deduced that in Egypt they were smitten with fifty plagues, and at the *Red Sea* they were smitten with two hundred and fifty plagues.

How many degrees of beneficence has the Omnipresent performed towards us!

If he had brought us forth from Egypt, and had not executed judgments upon the Egyptians, It would have sufficed us.

If he had executed judgments upon them, and had not also executed judgments upon their gods, It would have sufficed us.

If he had executed judgments upon their gods, and had not slain their first-born, It would have sufficed us.

If he had slain their first-born, and had not given us their wealth, It would have sufficed us.

If he had given us their wealth, and not have divided the sea, It would have sufficed us.

If he had divided the sea for us, and had not made us pass through its midst on dry land, It would have sufficed us.

If he had made us pass through its midst on dry land, and had not sunk our adversaries in it, It would have sufficed us.

[1] Ps. lxxviii. · 49.

אִלּוּ שִׁקַּע צָרֵינוּ בְּתוֹכוֹ ·

וְלֹא סִפֵּק צָרְכֵנוּ בַּמִּדְבָּר אַרְבָּעִים שָׁנָה   דַּיֵּנוּ :

אִלּוּ סִפֵּק צָרְכֵנוּ בַּמִּדְבָּר אַרְבָּעִים שָׁנָה ·

וְלֹא הֶאֱכִילָנוּ אֶת־הַמָּן     דַּיֵּנוּ :

אִלּוּ הֶאֱכִילָנוּ אֶת־הַמָּן ·

וְלֹא נָתַן לָנוּ אֶת הַשַּׁבָּת     דַּיֵּנוּ :

אִלּוּ נָתַן לָנוּ אֶת הַשַּׁבָּת ·

וְלֹא קֵרְבָנוּ לִפְנֵי הַר סִינַי     דַּיֵּנוּ :

אִלּוּ קֵרְבָנוּ לִפְנֵי הַר סִינַי ·

וְלֹא נָתַן לָנוּ אֶת הַתּוֹרָה ;     דַּיֵּנוּ :

אִלּוּ נָתַן לָנוּ אֶת הַתּוֹרָה ·

וְלֹא הִכְנִיסָנוּ לְאֶרֶץ יִשְׂרָאֵל     דַּיֵּנוּ :

אִלּוּ הִכְנִיסָנוּ לְאֶרֶץ יִשְׂרָאֵל ·

וְלֹא בָנָה לָנוּ אֶת בֵּית הַבְּחִירָה   דַּיֵּנוּ :

עַל אַחַת כַּמָּה וְכַמָּה טוֹבָה כְּפוּלָה וּמְכֻפֶּלֶת
לַמָּקוֹם עָלֵינוּ · שֶׁהוֹצִיאָנוּ מִמִּצְרַיִם · וְעָשָׂה בָהֶם
שְׁפָטִים · וְעָשָׂה בֵאלֹהֵיהֶם · וְהָרַג בְּכוֹרֵיהֶם · וְנָתַן
לָנוּ אֶת מָמוֹנָם · וְקָרַע לָנוּ אֶת הַיָּם · וְהֶעֱבִירָנוּ
בְתוֹכוֹ בֶּחָרָבָה · וְשִׁקַּע צָרֵינוּ בְּתוֹכוֹ · וְסִפֵּק צָרְכֵנוּ
בַּמִּדְבָּר אַרְבָּעִים שָׁנָה · וְהֶאֱכִילָנוּ אֶת הַמָּן · וְנָתַן
לָנוּ אֶת הַשַּׁבָּת · וְקֵרְבָנוּ לִפְנֵי הַר סִינַי · וְנָתַן לָנוּ

If he had sunk our adversaries in it, and had not supplied our necessaries in the wilderness during forty years, It would have sufficed us.

If he had not supplied our necessaries in the wilderness during forty years, and had not fed us with manna, It would have sufficed us.

If he had fed us with manna, and had not given us the Sabbath, It would have sufficed us.

If he had given us the Sabbath, but had not brought us near to Mount Sinai, It would have sufficed us.

If he had brought us near Mount Sinai, but had not given us the Law, It would have sufficed us.

If he had given us the Law, and had not led us into the land of Israel, It would have sufficed us.

If he had led us into the land of Israel, and had not built the temple of his choice, It would have sufficed us.

Thus how numerous, and how oft repeated are the bounties which the Omnipresent hath bestowed upon us! He brought us forth from Egypt—executed judgment upon *the Egyptians*—executed judgment also upon their gods: slew their first-born, gave us their wealth, divided the sea for us, made us pass through its midst on dry land, sank our adversaries in it; supplied our necessities in the wilderness during forty years, fed us with manna, gave us the Sabbath, brought us near to Mount Sinai, gave us the

אֶת הַתּוֹרָה · וְהִכְנִיסָנוּ לְאֶרֶץ יִשְׂרָאֵל · וּבָנָה לָנוּ אֶת בֵּית הַבְּחִירָה · לְכַפֵּר עַל כָּל עֲוֹנוֹתֵינוּ :

רַבָּן גַּמְלִיאֵל הָיָה אוֹמֵר · כָּל שֶׁלֹּא אָמַר שְׁלֹשָׁה דְבָרִים אֵלּוּ בַּפֶּסַח לֹא יָצָא יְדֵי חוֹבָתוֹ · וְאֵלּוּ הֵן · פֶּסַח מַצָּה וּמָרוֹר :

פֶּסַח שֶׁהָיוּ אֲבוֹתֵינוּ אוֹכְלִים בִּזְמַן שֶׁבֵּית הַמִּקְדָּשׁ קַיָּם · עַל שׁוּם מַה · עַל שׁוּם שֶׁפָּסַח הַקָּדוֹשׁ בָּרוּךְ הוּא עַל בָּתֵּי אֲבוֹתֵינוּ בְּמִצְרַיִם · שֶׁנֶּאֱמַר וַאֲמַרְתֶּם זֶבַח פֶּסַח הוּא לַיְיָ אֲשֶׁר פָּסַח עַל־בָּתֵּי בְנֵי־יִשְׂרָאֵל בְּמִצְרַיִם בְּנָגְפּוֹ אֶת־מִצְרַיִם וְאֶת בָּתֵּינוּ הִצִּיל וַיִּקֹּד הָעָם וַיִּשְׁתַּחֲווּ :

Take hold of the cakes in the dish and exhibit them to the assembly.

מַצָּה זוּ שֶׁאָנוּ אוֹכְלִין עַל־שׁוּם מַה · עַל שׁוּם שֶׁלֹּא הִסְפִּיק בְּצֵקָם שֶׁל אֲבוֹתֵינוּ לְהַחֲמִיץ עַד שֶׁנִּגְלָה עֲלֵיהֶם מֶלֶךְ מַלְכֵי הַמְּלָכִים הַקָּדוֹשׁ בָּרוּךְ הוּא וּגְאָלָם · שֶׁנֶּאֱמַר וַיֹּאפוּ אֶת־הַבָּצֵק אֲשֶׁר הוֹצִיאוּ מִמִּצְרַיִם עֻגֹת מַצּוֹת כִּי לֹא חָמֵץ כִּי־גֹרְשׁוּ מִמִּצְרַיִם וְלֹא יָכְלוּ לְהִתְמַהְמֵהַּ וְגַם צֵדָה לֹא עָשׂוּ לָהֶם :

Law, and built for us the temple of his choice to atone for our iniquities.

Rabban Gamliel said, whoever does not make especial mention of these three things on the Passover, does not acquit himself of his duty, namely, the SACRIFICE OF THE PASSOVER, THE UNLEAVENED BREAD, and THE BITTER HERBS.

THE SACRIFICE OF THE PASSOVER, which our ancestors ate during the existence of the Temple,—for what reason was it eaten? Because the Omnipresent passed over the houses of our fathers in Egypt, as it is said,[1] "Ye shall say, it is the sacrifice of the Passover unto the Eternal, who passed over the houses of the children of Israel in Egypt, when he smote the Egyptians, and delivered our houses; and the people bowed themselves and worshipped."

Take hold of the cakes in the dish and exhibit them to the assembly.

THIS UNLEAVENED BREAD which we now eat,—what does it import? *It is eaten* because the dough of our ancestors had not time to become leavened ere the supreme King of kings, the Most Holy, blessed be He, revealed Himself to them, and redeemed them; as it is said,[2] "They baked unleavened cakes of the dough which they had brought out of Egypt, for it was not leavened, because they were thrust out of Egypt, and could not tarry, neither had they made any provision for themselves.

---

[1] Exod. xii. 27.          [2] Ibid. 39.

Take the bitter herb (lettuce or horseradish) and exhibit it to the company.

מָרוֹר זֶה שֶׁאָנוּ אוֹכְלִין עַל־שׁוּם מָה · עַל־שׁוּם
שֶׁמָּרְרוּ הַמִּצְרִיִּים אֶת חַיֵּי אֲבוֹתֵינוּ בְּמִצְרַיִם ·
שֶׁנֶּאֱמַר · וַיְמָרְרוּ אֶת חַיֵּיהֶם בַּעֲבֹדָה קָשָׁה בְּחֹמֶר
וּבִלְבֵנִים וּבְכָל עֲבֹדָה בַּשָּׂדֶה אֵת כָּל־עֲבֹדָתָם אֲשֶׁר
עָבְדוּ בָהֶם בְּפָרֶךְ :

בְּכָל דּוֹר וָדוֹר חַיָּב אָדָם לִרְאוֹת אֶת עַצְמוֹ כְּאִלּוּ
הוּא יָצָא מִמִּצְרַיִם · שֶׁנֶּאֱמַר וְהִגַּדְתָּ לְבִנְךָ בַּיּוֹם
הַהוּא לֵאמֹר בַּעֲבוּר זֶה עָשָׂה יְיָ לִי בְּצֵאתִי מִמִּצְרָיִם :
לֹא אֶת אֲבוֹתֵינוּ בִּלְבַד גָּאַל הַקָּדוֹשׁ בָּרוּךְ הוּא ·
אֶלָּא אַף אוֹתָנוּ גָּאַל עִמָּהֶם שֶׁנֶּאֱמַר וְאוֹתָנוּ הוֹצִיא
מִשָּׁם לְמַעַן הָבִיא אֹתָנוּ לָתֶת לָנוּ אֶת הָאָרֶץ אֲשֶׁר
נִשְׁבַּע לַאֲבֹתֵינוּ :

Lift up the cup of wine and say:—

לְפִיכָךְ אֲנַחְנוּ חַיָּבִים לְהוֹדוֹת לְהַלֵּל לְשַׁבֵּחַ לְפָאֵר
לְרוֹמֵם לְהַדֵּר לְבָרֵךְ לְעַלֵּה וּלְקַלֵּס · לְמִי שֶׁעָשָׂה
לַאֲבוֹתֵינוּ וְלָנוּ אֶת כָּל הַנִּסִּים הָאֵלֶּה הוֹצִיאָנוּ
מֵעַבְדוּת לְחֵרוּת · מִיָּגוֹן לְשִׂמְחָה · וּמֵאֵבֶל לְיוֹם
טוֹב · וּמֵאֲפֵלָה לְאוֹר גָּדוֹל · וּמִשִּׁעְבּוּד לִגְאֻלָּה ·
וְנֹאמַר לְפָנָיו שִׁירָה חֲדָשָׁה הַלְלוּיָהּ :

Take the bitter herb (lettuce or horseradish) and exhibit it to the company.

This BITTER HERB which we eat,—what does it import? *It is eaten* because the Egyptians embittered the lives of our ancestors in Egypt, as it is said,[1] "They embittered their lives with hard bondage, in mortar and brick, and in all manner of labour in the field. All their labour was imposed upon them with rigor.

In every generation each individual is bound to regard himself as if he had *personally* gone forth from Egypt, as it is said,[2] "And thou shalt relate to thy son in that day, saying, this is on account of what the Eternal did for me when I came forth from Egypt:" thus, it was not our ancestors only whom the Most Holy, blessed be He, then redeemed, but us also did he redeem with them, as it is said,[3] And he brought us forth from thence, in order to bring *us* in that he might give *us* the land which he sware unto *our* ancestors.

Lift up the cup of wine and say:—

Therefore, we are bound to thank, praise, laud, glorify, extol, honour, bless, exalt, and reverence him who performed for our fathers, and for us, all these miracles. He brought us forth from slavery to freedom; from sorrow to joy; from mourning to festivity; and from servitude to redemption. Let us therefore sing a new song in his presence. Hallelujah!

[1] Exod. i. 14. [2] Ibid xiii. 8. [3] Deut. vi. 23.

Ps. cxiii. הַלְלוּיָהּ ׀ הַלְלוּ עַבְדֵי יְיָ הַלְלוּ אֶת־שֵׁם
יְיָ: יְהִי שֵׁם יְיָ מְבֹרָךְ מֵעַתָּה וְעַד־עוֹלָם: מִמִּזְרַח־
שֶׁמֶשׁ עַד־מְבוֹאוֹ מְהֻלָּל שֵׁם יְיָ: רָם עַל־כָּל־גּוֹיִם ׀
יְיָ עַל־הַשָּׁמַיִם כְּבוֹדוֹ: מִי כַּייָ אֱלֹהֵינוּ הַמַּגְבִּיהִי
לָשָׁבֶת: הַמַּשְׁפִּילִי לִרְאוֹת בַּשָּׁמַיִם וּבָאָרֶץ: מְקִימִי
מֵעָפָר דָּל מֵאַשְׁפּוֹת יָרִים אֶבְיוֹן: לְהוֹשִׁיבִי עִם־
נְדִיבִים עִם נְדִיבֵי עַמּוֹ: מוֹשִׁיבִי עֲקֶרֶת הַבַּיִת
אֵם־הַבָּנִים שְׂמֵחָה הַלְלוּיָהּ:

Ps. cxiv. בְּצֵאת יִשְׂרָאֵל מִמִּצְרָיִם בֵּית יַעֲקֹב מֵעַם
לֹעֵז: הָיְתָה יְהוּדָה לְקָדְשׁוֹ יִשְׂרָאֵל מַמְשְׁלוֹתָיו:
הַיָּם רָאָה וַיָּנֹס הַיַּרְדֵּן יִסֹּב לְאָחוֹר: הֶהָרִים רָקְדוּ
כְאֵילִים גְּבָעוֹת כִּבְנֵי־צֹאן: מַה־לְּךָ הַיָּם כִּי תָנוּס
הַיַּרְדֵּן תִּסֹּב לְאָחוֹר: הֶהָרִים תִּרְקְדוּ כְאֵילִים גְּבָעוֹת
כִּבְנֵי־צֹאן: מִלִּפְנֵי אָדוֹן חוּלִי אָרֶץ מִלִּפְנֵי אֱלוֹהַּ
יַעֲקֹב: הַהֹפְכִי הַצּוּר אֲגַם־מָיִם חַלָּמִישׁ לְמַעְיְנוֹ־
מָיִם:

בָּרוּךְ אַתָּה יְיָ אֱלֹהֵינוּ מֶלֶךְ הָעוֹלָם · אֲשֶׁר
גְּאָלָנוּ וְגָאַל אֶת אֲבוֹתֵינוּ מִמִּצְרַיִם · וְהִגִּיעָנוּ

Hallelujah! Praise ye the Lord! Praise ye servants of the Eternal! Praise ye the name of the Eternal! May the name of the Eternal be blessed, from now even to all eternity. From where the sun rises unto where it sets, the name of the Eternal is praised. High above all nations is the Eternal, his glory above the heavens. Who is like unto the Eternal our God, who dwelleth on high? Who *yet* condescendeth to regard what is in the heavens, and on earth. He raiseth up the poor from the dust from the dunghill he lifteth up the needy, to seat him with princes, with the princes of his people. He maketh the barren woman dwell in the midst of her household, and become the joyful mother of children. Hallelujah!

When Israel went forth from Egypt, the house of Jacob, from the people of barbarous tongue; Judah became his sanctuary, Israel his dominion. The sea beheld, and fled; Jordan was driven backward. The mountains skipped like rams, the hills like lambkins. What ailed thee, O sea, that thou fledst? Thou, Jordan, that thou wast driven backward? Ye mountains, that ye skipped like rams; ye hills like lambkins? Tremble, O earth! in the presence of the God of Jacob: who turned the rock into a pool of water,—the flinty rock into a fountain of water.

Blessed art thou, O Eternal, our God, king of the universe, who redeemed us and our ancestors from Egypt,

הַלַּיְלָה הַזֶּה לֶאֱכוֹל בּוֹ מַצָּה וּמָרוֹר: כֵּן יְיָ אֱלֹהֵינוּ וֵאלֹהֵי אֲבוֹתֵינוּ יַגִּיעֵנוּ לְמוֹעֲדִים וְלִרְגָלִים אֲחֵרִים הַבָּאִים לִקְרָאתֵנוּ לְשָׁלוֹם שְׂמֵחִים בְּבִנְיַן עִירֶךָ וְשָׂשִׂים בַּעֲבוֹדָתֶךָ · וְנֹאכַל שָׁם מִן הַזְּבָחִים וּמִן הַפְּסָחִים אֲשֶׁר יַגִּיעַ דָּמָם עַל קִיר מִזְבַּחֲךָ לְרָצוֹן · וְנוֹדֶה לְךָ שִׁיר חָדָשׁ עַל גְּאֻלָּתֵנוּ וְעַל פְּדוּת נַפְשֵׁנוּ · בָּרוּךְ אַתָּה יְיָ גָּאַל יִשְׂרָאֵל:

בָּרוּךְ אַתָּה יְיָ אֱלֹהֵינוּ מֶלֶךְ הָעוֹלָם: בּוֹרֵא פְּרִי הַגָּפֶן:

Drink the second cup of wine.

# רחץ׳

## WASHING THE HANDS.

Wash the hands and say:—

בָּרוּךְ אַתָּה יְיָ אֱלֹהֵינוּ מֶלֶךְ הָעוֹלָם אֲשֶׁר קִדְּשָׁנוּ בְּמִצְוֹתָיו וְצִוָּנוּ עַל נְטִילַת יָדָיִם:

# מוציא מצה׳

## BREAKING THE CAKE.

Take the two whole cakes and the broken one, and say the following blessings; after which put down the third cake, and give to each and who hath brought us to the enjoyment of this night to eat thereon unleavened bread and bitter herbs. Thou, O Eternal, our God, and God of our fathers, mayest thou bring us *to enjoy* in peace other solemn feasts, and sacred seasons, which *now* advance towards us, that we may rejoice in the building of thy city, and exult in thy *holy* service; that we may there eat of the sacrifices and of the paschal offerings, whose blood shall be sprinkled upon the side of thine altar, to render us acceptable. Then shall we, with a new hymn, give thanks to thee for our deliverance, and for the redemption of our souls. Blessed art thou, O Eternal, who hath redeemed Israel.

Blessed art thou, O Lord, our God, who createst the fruit of the vine.

Drink the second cup of wine.

## WASHING THE HANDS.

Wash the hands and say :—

Blessed art thou, O Eternal, our God! King of the universe, who hast sanctified us with thy commandments, and commanded us to cleanse the hands.

## BREAKING THE CAKE.

Take the two whole cakes and the broken one, and say the following blessings; after which put down the third cake, and give to each of the company present a piece of the whole and second half cake, and eat both together.

בָּרוּךְ אַתָּה יְיָ אֱלֹהֵינוּ מֶלֶךְ הָעוֹלָם הַמּוֹצִיא לֶחֶם מִן הָאָרֶץ׃

בָּרוּךְ אַתָּה יְיָ אֱלֹהֵינוּ מֶלֶךְ הָעוֹלָם אֲשֶׁר קִדְּשָׁנוּ בְּמִצְוֹתָיו וְצִוָּנוּ עַל אֲכִילַת מַצָּה׃

# מרור׳

EATING OF THE BITTER HERBS.

Take some bitter herbs, which dip in with the "Charoseth," and say:—

בָּרוּךְ אַתָּה יְיָ אֱלֹהֵינוּ מֶלֶךְ הָעוֹלָם אֲשֶׁר קִדְּשָׁנוּ בְּמִצְוֹתָיו וְצִוָּנוּ עַל אֲכִילַת מָרוֹר׃

# כרך׳

EATING THE (מצה) CAKE AND BITTER HERBS TOGETHER.

Break the undermost cake, and distribute it with some bitter herb, and חרוסת "charoseth," then say:—

זֵכֶר לְמִקְדָּשׁ כְּהִלֵּל׃

כֵּן עָשָׂה הִלֵּל בִּזְמַן שֶׁבֵּית הַמִּקְדָּשׁ קַיָּם׳ הָיָה כּוֹרֵךְ מַצָּה וּמָרוֹר וְאוֹכֵל בְּיַחַד׳ לְקַיֵּם מַה שֶּׁנֶּאֱמַר עַל מַצּוֹת וּמְרֹרִים יֹאכְלֻהוּ׃

of the company present a piece of the whole and second half cake, and eat both together.

Blessed art thou, O Eternal, our God! King of the universe, who bringest forth bread from the earth.

Blessed art thou, O Eternal, our God! King of the universe, who hast sanctified us with thy commandments, and commanded us to eat unleavened bread.

## EATING OF THE BITTER HERBS.

Take some bitter herbs, which dip in with the "Charoseth," and say :—

Blessed art thou, O Eternal, our God! King of the universe, who hast sanctified us with thy commandments, and commanded us to eat bitter herbs.

## EATING THE CAKE AND BITTER HERBS TOGETHER.

Break the undermost cake, and distribute it with some bitter herb and "charoseth," then say :—

This we eat without ablution or blessing, in memory of the sanctuary, even as Hillel did.

Thus did Hillel during the existence of the temple : he took unleavened bread, and bitter herbs, and ate them together, in order to fulfil what is said in the Law,' " With unleavened bread and bitter herbs shall they eat it."

# שלחן עורך׃

**PREPARE THE TABLE FOR THE REPAST.**

# צפון׃

After supper the half of the middle cake, which has been put aside at the commencement of the Service, is distributed among all present, who eat it leaning. This is called the אפיקומן "aficomen," after which no food must be taken during that evening.

The third cup is then filled, and Grace said as follows :—

# ברך׃

## סדר ברכת המזון׃

**GRACE AFTER MEALS.**

He who says Grace commences :—

רַבּוֹתַי נְבָרֵךְ׃

To which the Company reply :—

יְהִי שֵׁם יְיָ מְבוֹרָךְ מֵעַתָּה וְעַד עוֹלָם׃

If ten men or more have eaten at the table, he who says Grace commences thus :—

נְבָרֵךְ אֱלֹהֵינוּ שֶׁאָכַלְנוּ מִשֶּׁלּוֹ׃

To which the others respond :—

בָּרוּךְ אֱלֹהֵינוּ שֶׁאָכַלְנוּ מִשֶּׁלּוֹ וּבְטוּבוֹ חָיִינוּ׃

He then repeats :—

בָּרוּךְ אֱלֹהֵינוּ שֶׁאָכַלְנוּ מִשֶּׁלּוֹ וּבְטוּבוֹ חָיִינוּ׃

## PREPARE THE TABLE FOR THE REPAST.
## EAT THE HIDDEN.

After supper the half of the middle cake, which had been put aside at the commencement of the Service, is distributed among all present, who eat it leaning. This is called the "aficomen," after which no food must be taken during that evening.

The third cup is then filled, and

## SAY GRACE AFTER MEAT.

He who says Grace commences :—

Let us say grace.

To which the Company reply :—

Blessed be the name of the Eternal, from now unto eternity.

If ten men or more have eaten at the table, he who says Grace commences thus :—

Let us bless our God, of whose *gifts* we have eaten.

To which the others respond :—

Blessed be our God, of whose *gifts* we have eaten, and through whose goodness we exist.

He then repeats:—

Blessed be our God, of whose *gifts* we have eaten, and through whose goodness we exist.

If three men, and less than ten, have eaten at the table, he who says Grace commences thus:—

נְבָרֵךְ שֶׁאָכַלְנוּ מִשֶּׁלּוֹ :

To which the others respond:

בָּרוּךְ שֶׁאָכַלְנוּ מִשֶּׁלּוֹ וּבְטוּבוֹ חָיִינוּ :

He then repeats:

בָּרוּךְ שֶׁאָכַלְנוּ מִשֶּׁלּוֹ וּבְטוּבוֹ חָיִינוּ :

בָּרוּךְ הוּא וּבָרוּךְ שְׁמוֹ :

בָּרוּךְ אַתָּה יְיָ אֱלֹהֵינוּ מֶלֶךְ הָעוֹלָם הַזָּן אֶת־
הָעוֹלָם כֻּלּוֹ בְּטוּבוֹ בְּחֵן בְּחֶסֶד וּבְרַחֲמִים הוּא־נוֹתֵן
לֶחֶם לְכָל־בָּשָׂר כִּי לְעוֹלָם חַסְדּוֹ : וּבְטוּבוֹ הַגָּדוֹל
תָּמִיד לֹא־חָסַר לָנוּ וְאַל יֶחְסַר־לָנוּ מָזוֹן לְעוֹלָם
וָעֶד : בַּעֲבוּר שְׁמוֹ הַגָּדוֹל כִּי הוּא זָן וּמְפַרְנֵס
לַכֹּל וּמֵטִיב לַכֹּל וּמֵכִין מָזוֹן לְכָל־בְּרִיּוֹתָיו אֲשֶׁר
בָּרָא : בָּרוּךְ אַתָּה יְיָ הַזָּן אֶת־הַכֹּל :

נוֹדֶה לְךָ יְיָ אֱלֹהֵינוּ עַל שֶׁהִנְחַלְתָּ לַאֲבוֹתֵינוּ
אֶרֶץ חֶמְדָּה טוֹבָה וּרְחָבָה וְעַל שֶׁהוֹצֵאתָנוּ יְיָ
אֱלֹהֵינוּ מֵאֶרֶץ מִצְרַיִם וּפְדִיתָנוּ מִבֵּית עֲבָדִים וְעַל

If three men, and less than ten, have eaten at the table, he who says Grace commences thus :—

Let us bless him whose *gifts* we have eaten, and through whose goodness we exist.

To which the others respond :

Blessed be he of whose *gifts* we have eaten, and through whose goodness we exist.

He then repeats :

Blessed be he of whose *gifts* we have eaten, and through whose goodness we exist.

**Blessed be he and blessed be his name.**

Blessed art thou, O Eternal, our God ! King of the universe, *for thou art* he who feedeth the whole world with his goodness; with grace, kindness, and compassion, he giveth food to all flesh, for his mercy endureth for ever. And through his abundant goodness food hath never yet failed us, nor will fail us for evermore : for it is because of his own great name that he feedeth and sustaineth all, and doeth good unto all, and provideth food for all his creatures which he hath created. Blessed art thou, O Eternal ! who feedest all.

We give thanks unto thee, O Eternal, our God ! because thou didst cause our ancestors to inherit the good, desirable, and ample land : and because thou, O Eternal, our God ! didst bring us forth from the land of Egypt, and

בְּרִיתְךָ שֶׁחָתַמְתָּ בִּבְשָׂרֵנוּ וְעַל תּוֹרָתְךָ שֶׁלִּמַּדְתָּנוּ
וְעַל חֻקֶּיךָ שֶׁהוֹדַעְתָּנוּ וְעַל חַיִּים חֵן וָחֶסֶד שֶׁחוֹנַנְתָּנוּ
וְעַל אֲכִילַת מָזוֹן שָׁאַתָּה זָן וּמְפַרְנֵס אוֹתָנוּ תָּמִיד
בְּכָל־יוֹם וּבְכָל־עֵת וּבְכָל־שָׁעָה :

וְעַל הַכֹּל יְיָ אֱלֹהֵינוּ אֲנַחְנוּ מוֹדִים לָךְ וּמְבָרְכִים
אוֹתָךְ יִתְבָּרַךְ שִׁמְךָ בְּפִי כָּל־חַי תָּמִיד לְעוֹלָם
וָעֶד :     כַּכָּתוּב וְאָכַלְתָּ וְשָׂבָעְתָּ וּבֵרַכְתָּ אֶת־יְיָ
אֱלֹהֶיךָ עַל־הָאָרֶץ הַטֹּבָה אֲשֶׁר נָתַן־לָךְ • בָּרוּךְ
אַתָּה יְיָ עַל־הָאָרֶץ וְעַל־הַמָּזוֹן :

רַחֵם יְיָ אֱלֹהֵינוּ עַל־יִשְׂרָאֵל עַמֶּךָ וְעַל יְרוּשָׁלַיִם
עִירֶךָ וְעַל צִיּוֹן מִשְׁכַּן כְּבוֹדֶךָ וְעַל מַלְכוּת בֵּית
דָּוִד מְשִׁיחֶךָ וְעַל־הַבַּיִת הַגָּדוֹל וְהַקָּדוֹשׁ שֶׁנִּקְרָא
שִׁמְךָ עָלָיו : אֱלֹהֵינוּ אָבִינוּ רְעֵנוּ זוּנֵנוּ פַּרְנְסֵנוּ
וְכַלְכְּלֵנוּ וְהַרְוִיחֵנוּ וְהַרְוַח־לָנוּ יְיָ אֱלֹהֵינוּ מְהֵרָה
מִכָּל־צָרוֹתֵינוּ וְנָא אַל־תַּצְרִיכֵנוּ יְיָ אֱלֹהֵינוּ לֹא לִידֵי
מַתְּנַת בָּשָׂר וָדָם וְלֹא לִידֵי הַלְוָאָתָם כִּי אִם לְיָדְךָ
הַמְּלֵאָה הַפְּתוּחָה הַקְּדוֹשָׁה וְהָרְחָבָה שֶׁלֹּא נֵבוֹשׁ
וְלֹא נִכָּלֵם לְעוֹלָם וָעֶד :

didst *thus* redeem us from the house of bondage : and because of thy covenant, which thou didst seal in our flesh, and of the law which thou hast taught us, and of thy statutes which thou hast made known unto us; and because of the life, grace, and kindness which thou hast mercifully bestswed upon us, and of the sustaining food wherewith thou feedest us and sustainest us continually, every day, at all times, and at each moment.

And for all *these things*, O Eternal, our God! we give thanks unto thee, and bless thee. Blessed shall thy name continually be in the mouth of every living being for ever and ever, as it is written,[1] " When thou hast eaten, and art satisfied, thou shalt bless the Eternal, thy God, for the goodly land which he hath given unto thee." Blessed art thou, O Eternal, for the land and for the food.

Have compassion, we beseech thee, O Eternal, our God! on thy people Israel, and on Jerusalem thy city, on Zion the residence of thy glory, on the kingdom of the house of David thine anointed, and on the great and holy house which is called by thy name. O our God, our Father! feed, sustain, support, and maintain us, and grant us enlargement. Enlarge us speedily, O Eternal, our God! from all our troubles : and let us not, we pray thee, O Eternal, our God! stand in need either of the gifts of mankind, or of their loans ; but let us depend only on thy hand which is ever full, open, holy, and liberal, so that we may never be put to shame nor confounded.

[1] Deut. viii. 10.

*On Sabbath add till* וּבַעַל הַנֶּחָמוֹת׃

רְצֵה וְהַחֲלִיצֵנוּ יְיָ אֱלֹהֵינוּ בְּמִצְוֹתֶיךָ וּבְמִצְוַת יוֹם הַשְּׁבִיעִי הַשַּׁבָּת הַגָּדוֹל וְהַקָּדוֹשׁ הַזֶּה כִּי יוֹם זֶה גָּדוֹל וְקָדוֹשׁ הוּא לְפָנֶיךָ לִשְׁבָּת־בּוֹ וְלָנוּחַ בּוֹ בְּאַהֲבָה כְּמִצְוַת רְצוֹנֶךָ בִּרְצוֹנְךָ הָנִיחַ לָנוּ יְיָ אֱלֹהֵינוּ שֶׁלֹּא תְהִי צָרָה וְיָגוֹן וַאֲנָחָה בְּיוֹם מְנוּחָתֵנוּ וְהַרְאֵנוּ יְיָ אֱלֹהֵינוּ בְּנֶחָמַת צִיּוֹן עִירֶךָ וּבְבִנְיַן יְרוּשָׁלַיִם עִיר קָדְשֶׁךָ כִּי אַתָּה הוּא בַּעַל הַיְשׁוּעוֹת וּבַעַל הַנֶּחָמוֹת׃

אֱלֹהֵינוּ וֵאלֹהֵי אֲבוֹתֵינוּ · יַעֲלֶה וְיָבֹא וְיַגִּיעַ וְיֵרָאֶה וְיֵרָצֶה וְיִשָּׁמַע וְיִפָּקֵד וְיִזָּכֵר זִכְרוֹנֵנוּ וּפִקְדוֹנֵנוּ וְזִכְרוֹן אֲבוֹתֵינוּ · וְזִכְרוֹן מָשִׁיחַ בֶּן דָּוִד עַבְדֶּךָ · וְזִכְרוֹן יְרוּשָׁלַיִם עִיר קָדְשֶׁךָ · וְזִכְרוֹן כָּל עַמְּךָ בֵּית יִשְׂרָאֵל לְפָנֶיךָ · לִפְלֵיטָה לְטוֹבָה לְחֵן וּלְחֶסֶד וּלְרַחֲמִים לְחַיִּים וּלְשָׁלוֹם בְּיוֹם חַג הַמַּצּוֹת הַזֶּה זָכְרֵנוּ יְיָ אֱלֹהֵינוּ בּוֹ לְטוֹבָה · וּפָקְדֵנוּ בוֹ לִבְרָכָה · וְהוֹשִׁיעֵנוּ בוֹ לְחַיִּים · וּבִדְבַר יְשׁוּעָה וְרַחֲמִים חוּס וְחָנֵּנוּ · וְרַחֵם עָלֵינוּ וְהוֹשִׁיעֵנוּ · כִּי אֵלֶיךָ עֵינֵינוּ · כִּי אֵל מֶלֶךְ חַנּוּן וְרַחוּם אָתָּה׃

וּבְנֵה יְרוּשָׁלַיִם עִיר הַקֹּדֶשׁ בִּמְהֵרָה בְיָמֵינוּ בָּרוּךְ אַתָּה יְיָ בּוֹנֵה בְרַחֲמָיו יְרוּשָׁלָיִם אָמֵן׃

*On Sabbath add till " Lord of consolation."*

Be pleased, O Eternal, our God! to felicitate us through thy commandments, and *especially* through the commandment of the seventh day,—this great and holy Sabbath; for this day is great and holy in thy presence, to rest thereon, and to be at repose thereon, in *pious* love according to the command of thy will. In thy favour, O Eternal, our God! grant us repose, that there be no trouble, sorrow or sighing *to afflict us* on our day of rest; but cause us to behold, O Eternal, our God, the consolation of Zion, thy city, and the rebuilding of Jerusalem, thy holy city; for thou art He who is the Lord of salvation and the Lord of consolation.

Our God and the God our fathers, suffer to ascend, come, approach, appear, and be accepted; to be heard, borne in mind, and remembered before thee—our memorial and the memorial of our ancestors, the memorial of the Messiah the son of David thy servant, the memorial of Jerusalem thy holy city, and the memorial of all thy people of the house of Israel,—*to obtain for us* deliverance, happiness, grace, favour compassion, life, and peace, on this Day of the Feast of Unleavened Bread. O, Eternal our God, remember us thereon for good, and visit us thereon with a blessing, and save us thereon *to enjoy* life. And with the word of salvation and mercy have pity and be gracious unto us. O have compassion upon us and save us, for our eyes are towards thee, because thou, O God, art a merciful and compassionate King.

And do thou rebuild Jerusalem, the holy city, speedily, in our days. Blessed art thou, the Eternal, who in his mercy will rebuild Jerusalem. Amen.

בָּרוּךְ אַתָּה יְיָ אֱלֹהֵינוּ מֶלֶךְ הָעוֹלָם הָאֵל אָבִינוּ
מַלְכֵּנוּ אַדִּירֵנוּ בּוֹרְאֵנוּ גֹּאֲלֵנוּ יוֹצְרֵנוּ קְדוֹשֵׁנוּ קְדוֹשׁ
יַעֲקֹב רוֹעֵנוּ רוֹעֵה יִשְׂרָאֵל הַמֶּלֶךְ הַטּוֹב וְהַמֵּטִיב
לַכֹּל שֶׁבְּכָל יוֹם וָיוֹם הוּא הֵטִיב הוּא מֵטִיב הוּא
יֵטִיב לָנוּ : הוּא גְמָלָנוּ הוּא גוֹמְלֵנוּ הוּא יִגְמְלֵנוּ
לָעַד לְחֵן לְחֶסֶד וּלְרַחֲמִים וּלְרֶוַח הַצָּלָה וְהַצְלָחָה
בְּרָכָה וִישׁוּעָה נֶחָמָה פַּרְנָסָה וְכַלְכָּלָה וְרַחֲמִים
וְחַיִּים וְשָׁלוֹם וְכָל־טוֹב וּמִכָּל־טוּב אַל יְחַסְּרֵנוּ :
הָרַחֲמָן , הוּא יִמְלוֹךְ עָלֵינוּ לְעוֹלָם וָעֶד :
הָרַחֲמָן , הוּא יִתְבָּרַךְ בַּשָּׁמַיִם וּבָאָרֶץ :
הָרַחֲמָן הוּא יִשְׁתַּבַּח לְדוֹר דּוֹרִים וְיִתְפָּאַר בָּנוּ
לָנֶצַח נְצָחִים וְיִתְהַדַּר בָּנוּ לָעַד וּלְעוֹלְמֵי עוֹלָמִים :
הָרַחֲמָן הוּא יְפַרְנְסֵנוּ בְּכָבוֹד : הָרַחֲמָן הוּא יִשְׁבּוֹר
עֻלֵּנוּ מֵעַל צַוָּארֵנוּ וְהוּא יוֹלִיכֵנוּ קוֹמְמִיּוּת לְאַרְצֵנוּ :
הָרַחֲמָן הוּא יִשְׁלַח לָנוּ בְּרָכָה מְרֻבָּה בַּבַּיִת הַזֶּה
וְעַל שֻׁלְחָן זֶה שֶׁאָכַלְנוּ עָלָיו : הָרַחֲמָן הוּא
יִשְׁלַח־לָנוּ אֶת־אֵלִיָּהוּ הַנָּבִיא זָכוּר לַטּוֹב וִיבַשֶּׂר־
לָנוּ בְּשׂוֹרוֹת טוֹבוֹת יְשׁוּעוֹת וְנֶחָמוֹת : * הָרַחֲמָן הוּא
יְבָרֵךְ אֶת־[אָבִי מוֹרִי] בַּעַל הַבַּיִת הַזֶּה · וְאֶת־[אִמִּי

---

* The names in this verse, within brackets, are omitted if the
parents should not be present, and other names substituted in their
stead.

Blessed art thou, O Eternal, our God, King of the universe, Omnipotent! our Father, our King, our Strength, our Creator, our Redeemer, our Former, our Holy One, the Holy One of Jacob; our Shepherd, the Shepherd of Israel; the beneficent King who doeth beneficently unto all, who hath been, is, and ever will be beneficent unto us day after day. He hath dealt bountifully with us, he still dealeth bountifully with us, he will deal bountifully with us for evermore; *granting us* grace, favour, compassion, enlargement, deliverance, and prosperity, blessing, and salvation, consolation, sustenance and maintenance, mercy, life and peace, and every good: yea, of no good will he cause us to be deficient.

May the All-merciful reign over us for ever and ever! May the All-merciful be blessed in heaven and earth!

May the All-merciful be praised throughout all generations, be glorified among us to everlasting, and be honored in our midst for ever and to all eternity! May the All-merciful sustain us with honor! May the All-merciful break the yoke of captivity from off our neck, and lead us in security to our land! May the All-merciful send us an abundant blessing on this house, and on the table at which we have eaten! May the All-merciful send us Elijah the prophet (of happy memory) that he may announce to us tidings of happiness, salvation, and consolation! May the All-merciful bless [my father* and instructor] the master of this house, and [my mother

* The names in this verse, within brackets, are omitted if the parents should not be present, and other names substituted in their stead.

מוֹרָתִי] בַּעֲלַת הַבַּיִת הַזֶּה · אוֹתָם וְאֶת־בֵּיתָם וְאֶת־
זַרְעָם וְאֶת־כָּל־אֲשֶׁר לָהֶם אוֹתָנוּ וְאֶת־כָּל־אֲשֶׁר לָנוּ
כְּמוֹ שֶׁנִּתְבָּרְכוּ אֲבוֹתֵינוּ אַבְרָהָם יִצְחָק וְיַעֲקֹב
בַּכֹּל מִכֹּל כֹּל כֵּן יְבָרֵךְ אוֹתָנוּ כֻּלָּנוּ יַחַד בִּבְרָכָה
שְׁלֵמָה וְנֹאמַר אָמֵן :

בַּמָּרוֹם יְלַמְּדוּ עֲלֵיהֶם וְעָלֵינוּ זְכוּת שֶׁתְּהִי
לְמִשְׁמֶרֶת שָׁלוֹם וְנִשָּׂא בְרָכָה מֵאֵת יְיָ וּצְדָקָה
מֵאֱלֹהֵי יִשְׁעֵנוּ : וְנִמְצָא־חֵן וְשֵׂכֶל טוֹב בְּעֵינֵי
אֱלֹהִים וְאָדָם :

*On Sabbath add till* הָעוֹלָמִים

הָרַחֲמָן הוּא יַנְחִילֵנוּ לְיוֹם שֶׁכֻּלּוֹ שַׁבָּת וּמְנוּחָה
לְחַיֵּי הָעוֹלָמִים :

הָרַחֲמָן הוּא יַנְחִילֵנוּ לְיוֹם שֶׁכֻּלּוֹ טוֹב :

הָרַחֲמָן הוּא יְזַכֵּנוּ לִימוֹת הַמָּשִׁיחַ וּלְחַיֵּי הָעוֹלָם
הַבָּא : מִגְדּוֹל יְשׁוּעוֹת מַלְכּוֹ וְעֹשֶׂה חֶסֶד לִמְשִׁיחוֹ
לְדָוִד וּלְזַרְעוֹ עַד עוֹלָם · עֹשֶׂה שָׁלוֹם בִּמְרוֹמָיו
הוּא יַעֲשֶׂה שָׁלוֹם עָלֵינוּ וְעַל כָּל־יִשְׂרָאֵל וְאִמְרוּ אָמֵן :
יְראוּ אֶת־יְיָ קְדֹשָׁיו כִּי אֵין מַחְסוֹר לִירֵאָיו :

and instructress] the mistress of this house, and with them,
their household, their children, and all that belongs to
them; us and all that belongs to us; even as our ancestors
Abraham, Isaac, and Jacob were *severally* blessed in all
things, through all things, and with all things, thus may
he bless us, even all of us together, with a complete bless-
ing, and let us say, Amen.

In the high heaven may they obtain for them and
for us, the felicity of the Divine guardianship over our
welfare, that we may receive a blessing from the Eternal,
and righteousness from the God of our salvation, and that
we may find grace and due regard in the eyes of God and
man.

*On Sabbath add the following till " life."*

May the All-merciful cause us to inherit the day that is
all Sabbath and repose in eternal life.

May the All-merciful cause us to inherit the day that is
all happiness.

May the All-merciful render us worthy *to behold* the
days of Messiah, and of the eternal life of a future state.
He giveth great salvation to His king, and acteth merci-
fully towards His anointed, towards David and his pro-
geny for ever.   May he who maketh peace in his high
heavens, in his mercy, grant peace unto us and unto all
Israel, and say ye, Amen.

Fear the Eternal, ye his holy ones, for no want have

כְּפִירִים רָשׁוּ וְרָעֵבוּ וְדֹרְשֵׁי יְיָ לֹא יַחְסְרוּ כָל־
טוֹב : הוֹדוּ לַיָי כִּי־טוֹב כִּי לְעוֹלָם חַסְדּוֹ : פּוֹתֵחַ
אֶת־יָדֶךָ וּמַשְׂבִּיעַ לְכָל־חַי רָצוֹן : בָּרוּךְ הַגֶּבֶר
אֲשֶׁר יִבְטַח בַּיָי וְהָיָה יְיָ מִבְטַחוֹ : יְיָ עֹז לְעַמּוֹ
יִתֵּן יְיָ יְבָרֵךְ אֶת עַמּוֹ בַשָּׁלוֹם :

On drinking the third cup of wine say—

בָּרוּךְ אַתָּה יְיָ אֱלֹהֵינוּ מֶלֶךְ הָעוֹלָם · בּוֹרֵא פְּרִי
הַגָּפֶן :

Open the door and say—

שְׁפֹךְ חֲמָתְךָ אֶל־הַגּוֹיִם אֲשֶׁר לֹא־יְדָעוּךָ וְעַל־
מַמְלָכוֹת אֲשֶׁר בְּשִׁמְךָ לֹא קָרָאוּ : כִּי אָכַל אֶת
יַעֲקֹב וְאֶת־נָוֵהוּ הֵשַׁמּוּ :
שְׁפָךְ־עֲלֵיהֶם זַעֲמֶךָ וַחֲרוֹן אַפְּךָ יַשִּׂיגֵם : תִּרְדֹּף
בְּאַף וְתַשְׁמִידֵם מִתַּחַת שְׁמֵי יְיָ :

Fill the cups and say—

# הַלֵּל ·

SAY THE HALLEL.

Ps. xvc. לֹא לָנוּ יְיָ לֹא לָנוּ כִּי לְשִׁמְךָ תֵּן כָּבוֹד
עַל־חַסְדְּךָ עַל־אֲמִתֶּךָ : לָמָּה יֹאמְרוּ הַגּוֹיִם אַיֵּה־נָא

they who fear him.   Even young lions lack and suffer
hunger ; but they who seek the Eternal shall not lack
any good.   Give thanks unto the Eternal, for he is good,
for his mercy endureth for ever.   Thou openest thine hand,
and satisfiest the desire of every living being.   Blessed is
the man who trusteth in the Eternal; for the Eternal will
be his protection.   The Eternal will give strength to his
people : the Etenal will bless his people with peace.

On drinking the third cup of wine say—

Blessed art thou, O Lord, our God, who createst the
fruit of the vine.

Open the door and say—

Pour out thy wrath upon the heathen who will not
acknowledge thee, and upon the kingdoms who invoke not
thy name, for they have devoured Jacob and laid waste
his dwelling place.

Pour out thine indignation upon them, and let thy
glowing anger overtake them.   Pursue them in wrath
and destroy them from under the heavens of the Eternal.

Fill the cups and say—

## HALLEL.

Ps. cxv.—Not unto us, O Eternal! not unto us, but unto
thy name give glory, for the sake of thy mercy and thy
truth.   Wherefore should the nations say, Where now *is*

E

אֱלֹהֵיהֶם : וֵאלֹהֵינוּ בַשָּׁמָיִם כֹּל אֲשֶׁר־חָפֵץ עָשָׂה :
עֲצַבֵּיהֶם כֶּסֶף וְזָהָב מַעֲשֵׂה יְדֵי אָדָם : פֶּה לָהֶם
וְלֹא יְדַבֵּרוּ עֵינַיִם לָהֶם וְלֹא יִרְאוּ : אָזְנַיִם לָהֶם
וְלֹא יִשְׁמָעוּ אַף־לָהֶם וְלֹא יְרִיחוּן : יְדֵיהֶם וְלֹא
יְמִישׁוּן רַגְלֵיהֶם וְלֹא יְהַלֵּכוּ לֹא יֶהְגּוּ בִּגְרוֹנָם :
כְּמוֹהֶם יִהְיוּ עֹשֵׂיהֶם כֹּל אֲשֶׁר־בֹּטֵחַ בָּהֶם : יִשְׂרָאֵל
בְּטַח בַּיְיָ עֶזְרָם וּמָגִנָּם הוּא : בֵּית אַהֲרֹן בִּטְחוּ
בַיְיָ עֶזְרָם וּמָגִנָּם הוּא : יִרְאֵי יְיָ בִּטְחוּ בַיְיָ עֶזְרָם
וּמָגִנָּם הוּא :

יְיָ זְכָרָנוּ יְבָרֵךְ יְבָרֵךְ אֶת־בֵּית יִשְׂרָאֵל יְבָרֵךְ אֶת־
בֵּית אַהֲרֹן : יְבָרֵךְ יִרְאֵי יְיָ הַקְּטַנִּים עִם־הַגְּדֹלִים :
יֹסֵף יְיָ עֲלֵיכֶם עֲלֵיכֶם וְעַל־בְּנֵיכֶם : בְּרוּכִים אַתֶּם
לַיְיָ עֹשֵׂה שָׁמַיִם וָאָרֶץ : הַשָּׁמַיִם שָׁמַיִם לַיְיָ וְהָאָרֶץ
נָתַן לִבְנֵי־אָדָם : לֹא־הַמֵּתִים יְהַלְלוּ־יָהּ וְלֹא כָּל־יֹרְדֵי
דוּמָה : וַאֲנַחְנוּ נְבָרֵךְ יָהּ מֵעַתָּה וְעַד עוֹלָם הַלְלוּיָהּ :

אָהַבְתִּי כִּי־יִשְׁמַע ׀ יְיָ אֶת־קוֹלִי תַּחֲנוּנָי : Ps. cxvi.
כִּי־הִטָּה אָזְנוֹ לִי וּבְיָמַי אֶקְרָא : אֲפָפוּנִי ׀ חֶבְלֵי־מָוֶת
וּמְצָרֵי שְׁאוֹל מְצָאוּנִי צָרָה וְיָגוֹן אֶמְצָא : וּבְשֵׁם־יְיָ

their God? Our God *is* in the heavens; He hath made whatsoever he pleased. But their idols of silver and gold are the work of human hands. They have mouths, but speak not: they have eyes, but see not. They have ears, but hear not: they have nostrils, but smell not. They have hands, but feel not: they have feet, but walk not; neither is there any utterance in their throat. May those who make them and every one who trusteth in them become like them. Israel, trust thou in the Eternal, he is thy help and shield. O house of Aaron, trust in the Eternal, he is your help and shield. Ye who venerate the Eternal, trust in the Eternal, he *is* your help and shield.

The Eternal who hath ever been mindful of us, will bless *us*, he will bless the house of Israel, he will bless the house of Aaron. He will bless those who venerate the Eternal, *both* small and great. May the Eternal increase you more and more, you and your children. Blessed are ye of the Eternal, who made heaven and earth. The heavens are the heavens of the Eternal: but the earth hath he given to the children of men. The dead praise not the Eternal, nor they who descend into the silent *grave.* But we will bless the Eternal henceforth, and for ever. Halleluyah.

Ps. cxvi.—It is pleasing unto me that the Eternal hath *graciously* heard my voice, *and* my supplications. For he hath inclined his ear unto me, therefore will I invoke *him* whilst I live. Should the struggles of death compass me, the pangs of the grave seize me, were trouble and sorrow

אֶקְרָא עָנָה יְיָ מַלְּטָה נַפְשִׁי ׃ חַנּוּן יְיָ וְצַדִּיק
וֵאלֹהֵינוּ מְרַחֵם ׃ שֹׁמֵר פְּתָאִים יְיָ דַּלֹּתִי וְלִי
יְהוֹשִׁיעַ ׃ שׁוּבִי נַפְשִׁי לִמְנוּחָיְכִי כִּי יְיָ גָּמַל עָלָיְכִי ׃
כִּי חִלַּצְתָּ נַפְשִׁי מִמָּוֶת אֶת עֵינִי מִן־דִּמְעָה אֶת־רַגְלִי
מִדֶּחִי ׃ אֶתְהַלֵּךְ לִפְנֵי יְיָ בְּאַרְצוֹת הַחַיִּים ׃ הֶאֱמַנְתִּי
כִּי אֲדַבֵּר אֲנִי עָנִיתִי מְאֹד ׃ אֲנִי אָמַרְתִּי בְחָפְזִי
כָּל־הָאָדָם כֹּזֵב ׃

מָה־אָשִׁיב לַיְיָ כָּל־תַּגְמוּלֹהִי עָלָי ׃ כּוֹס יְשׁוּעוֹת
אֶשָּׂא וּבְשֵׁם יְיָ אֶקְרָא ׃ נְדָרַי לַיְיָ אֲשַׁלֵּם נֶגְדָה־נָּא
לְכָל־עַמּוֹ ׃ יָקָר בְּעֵינֵי יְיָ הַמָּוְתָה לַחֲסִידָיו ׃ אָנָּה
יְיָ כִּי־אֲנִי עַבְדֶּךָ אֲנִי עַבְדְּךָ בֶּן אֲמָתֶךָ פִּתַּחְתָּ
לְמוֹסֵרָי ׃ לְךָ אֶזְבַּח זֶבַח תּוֹדָה וּבְשֵׁם יְיָ אֶקְרָא ׃
נְדָרַי לַיְיָ אֲשַׁלֵּם נֶגְדָה־נָא לְכָל־עַמּוֹ ׃ בְּחַצְרוֹת ׀
בֵּית יְיָ בְּתוֹכֵכִי יְרוּשָׁלַםִ הַלְלוּיָהּ ׃

Ps. cxvii.

הַלְלוּ אֶת־יְיָ כָּל־גּוֹיִם שַׁבְּחוּהוּ כָּל־הָאֻמִּים
כִּי גָבַר עָלֵינוּ ׀ חַסְדּוֹ וֶאֱמֶת־יְיָ לְעוֹלָם הַלְלוּיָהּ ׃

Ps. cxviii.

הוֹדוּ לַיְיָ כִּי טוֹב      כִּי לְעוֹלָם חַסְדּוֹ ׃

to overtake me, I would then call upon the name of the
Eternal; *saying*, O Eternal! I beseech thee, deliver my
soul! The Eternal is gracious and righteous; yea, our
God *is* merciful. The Eternal preserveth the simple: I
was brought low, and he saved me. Return my soul to
thy serenity, for the Eternal hath dealt bountifully with
thee. For thou hast delivered my soul from death, mine
eyes from tears, and my feet from falling. I *yet* will walk
before the Eternal in the land of the living. I firmly be-
lieved, *and* therefore will I declare that when greatly
afflicted, I rashly said, All men are liars.

What shall I render unto the Eternal *for* all his bene-
fits towards me? I will raise the cup of salvation, and
call upon the name of the Eternal. My vows unto the
Eternal will I now pay in the presence of all his people.
Precious in the sight of the Eternal is the death of his
pious servants; *therefore unto thee*, O Eternal! consider
that I am thy servant, the son of thy handmaid, thou hast
loosened my bonds. A sacrifice of thanksgiving will I offer
unto thee, and invoke the name of the Eternal. My vows
unto the Eternal will I now pay in the presence of all his
people. In the courts of the house of the Eternal, in the
midst of thee, O Jerusalem. Halleluyah.

Ps. cxvii.—Praise the Eternal all ye nations: praise
him all ye people: for great is his merciful kindness
towards us: and the truth of the Eternal endureth for
ever. Halleluyah.

Psalm xviii.

O give thanks unto the Eternal, for he is good—for his
mercy *endureth* for ever

יֹאמַר־נָא יִשְׂרָאֵל כִּי לְעוֹלָם חַסְדּוֹ:
יֹאמְרוּ נָא בֵית־אַהֲרֹן כִּי לְעוֹלָם חַסְדּוֹ:
יֹאמְרוּ נָא יִרְאֵי יְיָ כִּי לְעוֹלָם חַסְדּוֹ:

מִן־הַמֵּצַר קָרָאתִי יָהּ עָנָנִי בַמֶּרְחַבְיָה: יְיָ לִי לֹא אִירָא מַה־יַּעֲשֶׂה לִי אָדָם: יְיָ לִי בְּעֹזְרָי וַאֲנִי אֶרְאֶה בְשֹׂנְאָי: טוֹב לַחֲסוֹת בַּיְיָ מִבְּטֹחַ בָּאָדָם: טוֹב לַחֲסוֹת בַּיְיָ מִבְּטֹחַ בִּנְדִיבִים: כָּל־גּוֹיִם סְבָבוּנִי בְּשֵׁם יְיָ כִּי אֲמִילַם: סַבּוּנִי גַם סְבָבוּנִי בְּשֵׁם יְיָ כִּי אֲמִילַם· סַבּוּנִי כִדְבֹרִים דֹּעֲכוּ כְּאֵשׁ קוֹצִים בְּשֵׁם יְיָ כִּי אֲמִילַם: דָּחֹה דְחִיתַנִי לִנְפֹּל וַייָ עֲזָרָנִי: עָזִּי וְזִמְרָת יָהּ וַיְהִי־לִי לִישׁוּעָה: קוֹל׀רִנָּה וִישׁוּעָה בְּאָהֳלֵי צַדִּיקִים יְמִין יְיָ עֹשָׂה חָיִל: יְמִין יְיָ רוֹמֵמָה יְמִין יְיָ עֹשָׂה חָיִל: לֹא־אָמוּת כִּי אֶחְיֶה וַאֲסַפֵּר מַעֲשֵׂי־יָהּ: יַסֹּר יִסְּרַנִּי יָהּ וְלַמָּוֶת לֹא נְתָנָנִי: פִּתְחוּ־לִי שַׁעֲרֵי־צֶדֶק אָבֹא־בָם אוֹדֶה יָהּ: זֶה הַשַּׁעַר לַייָ צַדִּיקִים יָבֹאוּ בוֹ:

אוֹדְךָ כִּי עֲנִיתָנִי וַתְּהִי־לִי לִישׁוּעָה: (repeat)
אֶבֶן מָאֲסוּ הַבּוֹנִים הָיְתָה לְרֹאשׁ פִּנָּה: (repeat)
מֵאֵת יְיָ הָיְתָה זֹּאת הִיא נִפְלָאת בְּעֵינֵינוּ: (repeat)

Let Israel now declare—that his mercy *endureth* for ever.

Let the house of Aaron now declare—that his mercy *endureth* for ever.

Let those who venerate the Eternal now declare—that his mercy *endureth* for ever.

In straitness I called on the Eternal, and the Eternal answered me with enlargement. The Eternal is for me, I will not fear: what can man do unto me? The Eternal *is* with me, and those who help me: I therefore shall see *the confusion of* those who hate me. *It is* better to trust in the Eternal than to rely on man. Better *is it* to trust in the Eternal, than to rely on princes. All nations beset me around; but in the name of the Eternal will I cut them off. They surrounded me, yea, they encompassed me about; *but* in the name of the Eternal will I cut them off. They compassed me about like bees, they flashed round me as a fire of thorns; *but* in the name of the Eternal will I cut them off. They thrust sore at me, that I might fall: but the Eternal supported me. The Eternal *is* my strength and song, and he is become my salvation. The voice of joyous song and salvation resounds in the tabernacles of the righteous: "The right hand of the Eternal hath done valiantly: the right hand of the Eternal *is* exalted; the right hand of the Eternal hath done valiantly. I shall not die yet, *but* shall live to proclaim the works of the Eternal. He hath indeed chastised me, but he hath not given me over unto death. Open the gates of righteousness for me, that I may enter through them, to praise the Eternal. This *is* the gate of the Eternal into which the righteous shall enter. I will praise thee, for thou hast answered me, and art become my salvation. [*I will, &c.*] The stone which the builders rejected, hath become the corner head-stone. [*The stone, &c.*] This is from the Eternal: it is marvellous in our eyes. [*This is from, &c.*]

זֶה הַיּוֹם עָשָׂה יְיָ נָגִילָה וְנִשְׂמְחָה בוֹ׃ (repeat)

אָנָּא יְיָ הוֹשִׁיעָה נָּא׃ אָנָּא יְיָ הוֹשִׁיעָה נָּא׃

אָנָּא יְיָ הַצְלִיחָה נָא׃ אָנָּא יְיָ הַצְלִיחָה נָא׃

בָּרוּךְ הַבָּא בְּשֵׁם יְיָ בֵּרַכְנוּכֶם מִבֵּית יְיָ׃ (repeat)

אֵל | יְיָ וַיָּאֶר לָנוּ אִסְרוּ־חַג בַּעֲבֹתִים עַד קַרְנוֹת הַמִּזְבֵּחַ (repeat) אֵלִי אַתָּה וְאוֹדֶךָּ אֱלֹהַי אֲרוֹמְמֶךָּ׃

(repeat) הוֹדוּ לַייָ כִּי־טוֹב כִּי לְעוֹלָם חַסְדּוֹ׃ (repeat)

יְהַלְלוּךָ יְיָ אֱלֹהֵינוּ (עַל) כָּל מַעֲשֶׂיךָ · וַחֲסִידֶיךָ צַדִּיקִים עוֹשֵׂי רְצוֹנֶךָ וְכָל עַמְּךָ בֵּית יִשְׂרָאֵל בְּרִנָּה יוֹדוּ וִיבָרְכוּ וִישַׁבְּחוּ וִיפָאֲרוּ וִירוֹמְמוּ וְיַעֲרִיצוּ וְיַקְדִּישׁוּ וְיַמְלִיכוּ אֶת שִׁמְךָ מַלְכֵּנוּ כִּי לְךָ טוֹב לְהוֹדוֹת וּלְשִׁמְךָ נָאֶה לְזַמֵּר כִּי מֵעוֹלָם וְעַד עוֹלָם אַתָּה אֵל׃

הוֹדוּ לַייָ כִּי טוֹב כִּי לְעוֹלָם חַסְדּוֹ׃

הוֹדוּ לֵאלֹהֵי הָאֱלֹהִים כִּי לְעוֹלָם חַסְדּוֹ׃

הוֹדוּ לַאֲדֹנֵי הָאֲדֹנִים כִּי לְעוֹלָם חַסְדּוֹ׃

לְעֹשֵׂה נִפְלָאוֹת גְּדֹלוֹת לְבַדּוֹ כִּי לְעוֹלָם חַסְדּוֹ׃

לְעֹשֵׂה הַשָּׁמַיִם בִּתְבוּנָה כִּי לְעוֹלָם חַסְדּוֹ׃

לְרוֹקַע הָאָרֶץ עַל הַמָּיִם כִּי לְעוֹלָם חַסְדּוֹ׃

לְעֹשֵׂה אוֹרִים גְּדֹלִים כִּי לְעוֹלָם חַסְדּוֹ׃

This *is* the day which the Eternal hath appointed, we will rejoice, and be glad thereon. [*This, &c.*]

O Eternal! save *us* now *we* beseech thee. O Eternal! save *us* now *we* beseech thee.

O Eternal! send now prosperity *we* beseech thee! O Eternal! send now prosperity *we* beseech thee!

Blessed *be* he who cometh in the name of the Eternal: we from the house of the Eternal do bless you. [*Blessed, &c.*] God *is* Eternal; and he hath enlightened us. Bring the sacrifice bound with myrtle branches to the horns of the altar. [*God is Eternal, &c.*] Thou *art* my God, and I will praise thee; O my God, I will extol thee! [*Thou art, &c.*] O give thanks unto the Eternal, for *he is* good, for his mercy endureth for ever. [*O give thanks, &c.*]

All thy works praise thee, O Eternal! thy pious servants, with the righteous who perform thy will, and thy people, the house of Israel, with joyful song give thanks, bless, praise, glorify, extol, reverence, sanctify, and acknowledge thy kingly name, O our King! for to thee it is proper to offer thanksgiving, and pleasant to sing praise to thy name, for thou art God from everlasting to everlasting.

PSALM cxxxvii.—O give thanks unto the Lord, for he *is* good: for his mercy *endureth* for ever.

O give thanks to the God of gods: for his mercy *endureth* for ever.

O give thanks to the Lord of lords: for his mercy *endureth* for ever.

To him who alone performeth great wonders: for his mercy *endureth* for ever.

To him who with *supreme* understanding made the heavens: for his mercy *endureth* for ever.

To him who stretched out the earth above the waters: for his mercy *endureth* for ever.

To him who made great lights: for his mercy *endureth* for ever.

אֶת־הַשֶּׁמֶשׁ לְמֶמְשֶׁלֶת בַּיּוֹם כִּי לְעוֹלָם חַסְדּוֹ׃
אֶת־הַיָּרֵחַ וְכוֹכָבִים לְמֶמְשְׁלוֹת בַּלָּיְלָה כִּי לְעוֹלָם חַסְדּוֹ׃
לְמַכֵּה מִצְרַיִם בִּבְכוֹרֵיהֶם כִּי לְעוֹלָם חַסְדּוֹ׃
וַיּוֹצֵא יִשְׂרָאֵל מִתּוֹכָם כִּי לְעוֹלָם חַסְדּוֹ׃
בְּיָד חֲזָקָה וּבִזְרוֹעַ נְטוּיָה כִּי לְעוֹלָם חַסְדּוֹ׃
לְגֹזֵר יַם־סוּף לִגְזָרִים כִּי לְעוֹלָם חַסְדּוֹ׃
וְהֶעֱבִיר יִשְׂרָאֵל בְּתוֹכוֹ כִּי לְעוֹלָם חַסְדּוֹ׃
וְנִעֵר פַּרְעֹה וְחֵילוֹ בְיַם־סוּף כִּי לְעוֹלָם חַסְדּוֹ׃
לְמוֹלִיךְ עַמּוֹ בַּמִּדְבָּר כִּי לְעוֹלָם חַסְדּוֹ׃
לְמַכֵּה מְלָכִים גְּדֹלִים כִּי לְעוֹלָם חַסְדּוֹ׃
וַיַּהֲרֹג מְלָכִים אַדִּירִים כִּי לְעוֹלָם חַסְדּוֹ׃
לְסִיחוֹן מֶלֶךְ הָאֱמֹרִי כִּי לְעוֹלָם חַסְדּוֹ׃
וּלְעוֹג מֶלֶךְ הַבָּשָׁן כִּי לְעוֹלָם חַסְדּוֹ׃
וְנָתַן אַרְצָם לְנַחֲלָה כִּי לְעוֹלָם חַסְדּוֹ׃
נַחֲלָה לְיִשְׂרָאֵל עַבְדּוֹ כִּי לְעוֹלָם חַסְדּוֹ
שֶׁבְּשִׁפְלֵנוּ זָכַר לָנוּ כִּי לְעוֹלָם חַסְדּוֹ׃
וַיִּפְרְקֵנוּ מִצָּרֵינוּ כִּי לְעוֹלָם חַסְדּוֹ׃
נֹתֵן לֶחֶם לְכָל בָּשָׂר כִּי לְעוֹלָם חַסְדּוֹ׃
הוֹדוּ לְאֵל הַשָּׁמָיִם כִּי לְעוֹלָם חַסְדּוֹ׃

The sun to rule by day: for his mercy *endureth* for ever.

The moon and the stars to rule by night: for his mercy *endureth* for ever.

To him who smote the Egyptians in their first-born : for his mercy *endureth* for ever.

And brought forth Israel from among them: for his mercy *endureth* for ever.

With a mighty hand and a stretched-out arm: for his mercy *endureth* for ever.

To him who divided the Red Sea into parts : for his mercy *endureth* for ever.

And caused Israel to pass through the midst of it: for his mercy *endureth* for ever.

But overthrew Pharaoh and his host in the Red Sea : for his mercy *endureth* for ever.

To him who led his people through the wilderness : for his mercy *endureth* for ever.

And smote great kings: for his mercy *endureth* for ever.

And slew mighty kings: for his mercy *endureth* for ever.

Sihon king of the Amorites : for his mercy *endureth* for ever.

And Og king of Bashan: for his mercy *endureth* for ever.

And gave their land as a heritage : for his mercy *endureth* for ever.

As a heritage to his servant Israel: for his mercy *endureth* for ever.

Who remembered us in our low state: for his mercy *endureth* for ever.

And redeemed us from our oppressors: for his mercy *endureth* for ever.

Who giveth food to all flesh: for his mercy *endureth* for ever.

O give thanks unto the God of heaven : for his mercy *endureth* for ever.

נִשְׁמַת כָּל־חַי תְּבָרֵךְ אֶת־שִׁמְךָ יְיָ אֱלֹהֵינוּ · וְרוּחַ כָּל־בָּשָׂר תְּפָאֵר וּתְרוֹמֵם זִכְרְךָ מַלְכֵּנוּ תָּמִיד · מִן הָעוֹלָם וְעַד־הָעוֹלָם אַתָּה אֵל · וּמִבַּלְעָדֶיךָ אֵין לָנוּ מֶלֶךְ גּוֹאֵל וּמוֹשִׁיעַ פּוֹדֶה וּמַצִּיל וּמְפַרְנֵס וּמְרַחֵם בְּכָל־עֵת צָרָה וְצוּקָה אֵין לָנוּ מֶלֶךְ אֶלָּא אָתָּה: אֱלֹהֵי הָרִאשׁוֹנִים וְהָאַחֲרוֹנִים ׃ אֱלוֹהַּ כָּל־בְּרִיּוֹת אֲדוֹן כָּל־תּוֹלָדוֹת הַמְהֻלָּל בְּרֹב הַתִּשְׁבָּחוֹת הַמְנַהֵג עוֹלָמוֹ בְּחֶסֶד וּבְרִיּוֹתָיו בְּרַחֲמִים · וַיְיָ לֹא־יָנוּם וְלֹא־יִישָׁן · הַמְעוֹרֵר יְשֵׁנִים וְהַמֵּקִיץ נִרְדָּמִים וְהַמֵּשִׂיחַ אִלְּמִים · וְהַמַּתִּיר אֲסוּרִים וְהַסּוֹמֵךְ נוֹפְלִים וְהַזּוֹקֵף כְּפוּפִים ׃ לְךָ לְבַדְּךָ אֲנַחְנוּ מוֹדִים:

אִלּוּ פִינוּ מָלֵא שִׁירָה כַּיָּם וּלְשׁוֹנֵנוּ רִנָּה כַּהֲמוֹן גַּלָּיו וְשִׂפְתוֹתֵינוּ שֶׁבַח כְּמֶרְחֲבֵי רָקִיעַ · וְעֵינֵינוּ מְאִירוֹת כַּשֶּׁמֶשׁ וְכַיָּרֵחַ · וְיָדֵינוּ פְרוּשׂוֹת כְּנִשְׁרֵי שָׁמָיִם · וְרַגְלֵינוּ קַלּוֹת כָּאַיָּלוֹת: אֵין אֲנַחְנוּ מַסְפִּיקִים לְהוֹדוֹת לְךָ יְיָ אֱלֹהֵינוּ וֵאלֹהֵי אֲבוֹתֵינוּ · וּלְבָרֵךְ אֶת־שְׁמֶךָ · עַל־אַחַת מֵאָלֶף אֶלֶף אַלְפֵי אֲלָפִים וְרִבֵּי רְבָבוֹת פְּעָמִים הַטּוֹבוֹת שֶׁעָשִׂיתָ עִם־אֲבוֹתֵינוּ וְעִמָּנוּ: מִמִּצְרַיִם גְּאַלְתָּנוּ יְיָ אֱלֹהֵינוּ וּמִבֵּית עֲבָדִים פְּדִיתָנוּ · בְּרָעָב זַנְתָּנוּ · וּבְשָׂבָע כִּלְכַּלְתָּנוּ · מֵחֶרֶב הִצַּלְתָּנוּ וּמִדֶּבֶר מִלַּטְתָּנוּ וּמֵחֳלָיִם

The breath of all living shall bless thy name, O Eternal,
our God! and the spirit of all flesh shall continually
glorify and extol thy memorial, O our King! for thou art
God from everlasting to everlasting: and besides thee we
have neither king, redeemer, nor saviour, who redeemeth,
delivereth, maintaineth, and hath compassion on *us* in all
times of trouble and distress: we have no king but thee.
*Thou art* God of the first and the last *ages:* God of all
creatures, *and* Lord of all generations; who is adored with
all manner of praise; who governeth his world with ten-
derness, and his creatures with mercy.   Lo! the Eternal
neither slumbereth, nor sleepeth: he raiseth those who
sleep, and awakeneth those who slumber: he causeth the
dumb to speak; looseth those that are bound, supporteth
the fallen, and raiseth those up who are bowed down, *and*
*therefore*, to thee only do we render adoration.

Were our mouths filled *with sacred* song, as the
sea *is* with water, our tongues shouting loudly as its
roaring billows; and our lips extended *with* praise like the
widely-spread firmament: and our eyes sparkling like the
sun and the moon : and our hands extended like the eagles'
wings in the skies: and our feet swift as the hind's : we
should yet be deficient to render sufficient thanks unto
thee, O Lord, our God! and the God of our fathers, or to
bless thy name, for even one of the innumerable benefits
which thou hast conferred upon us and our ancestors.
*For* thou, O Lord, our God ! didst redeem us from Egypt,
and release us from the house of bondage ; in *time* of
famine didst thou feed us ; and in plenty thou didst
provide for us.   From the sword thou didst deliver us,
from the pestilence thou didst save us, and from many
sore diseases thou didst relieve us.   Hitherto thy tender

רָעִים וָנֶאֱמָנִים הִלִּיתָנוּ: עַד־הֵנָּה עֲזָרוּנוּ רַחֲמֶיךָ· וְלֹא־עֲזָבוּנוּ חֲסָדֶיךָ· וְאַל־תִּטְּשֵׁנוּ יְיָ אֱלֹהֵינוּ לָנֶצַח: עַל־כֵּן אֵבָרִים שֶׁפִּלַּגְתָּ בָּנוּ· וְרוּחַ וּנְשָׁמָה שֶׁנָּפַחְתָּ בְּאַפֵּינוּ וְלָשׁוֹן אֲשֶׁר שַׂמְתָּ בְּפִינוּ: הֵן הֵם יוֹדוּ וִיבָרְכוּ וִישַׁבְּחוּ וִיפָאֲרוּ וִירוֹמְמוּ וְיַעֲרִיצוּ וְיַקְדִּישׁוּ וְיַמְלִיכוּ אֶת־שִׁמְךָ מַלְכֵּנוּ: כִּי כָל־פֶּה לְךָ יוֹדֶה וְכָל־לָשׁוֹן לְךָ תִשָּׁבַע· וְכָל־בֶּרֶךְ לְךָ תִכְרַע· וְכָל־קוֹמָה לְפָנֶיךָ תִשְׁתַּחֲוֶה: וְכָל־לְבָבוֹת יִירָאוּךָ· וְכָל־קֶרֶב וּכְלָיוֹת יְזַמְּרוּ לִשְׁמֶךָ כַּדָּבָר שֶׁכָּתוּב כָּל עַצְמוֹתַי תֹּאמַרְנָה יְיָ מִי כָמוֹךָ· מַצִּיל עָנִי מֵחָזָק מִמֶּנּוּ וְעָנִי וְאֶבְיוֹן מִגֹּזְלוֹ: מִי יִדְמֶה־לָּךְ וּמִי יִשְׁוֶה־לָּךְ וּמִי יַעֲרָךְ־לָךְ· הָאֵל הַגָּדוֹל הַגִּבּוֹר וְהַנּוֹרָא אֵל עֶלְיוֹן קֹנֵה שָׁמַיִם וָאָרֶץ: נְהַלֶּלְךָ וּנְשַׁבֵּחֲךָ וּנְפָאֶרְךָ וּנְבָרֵךְ אֶת־שֵׁם קָדְשֶׁךָ· כָּאָמוּר לְדָוִד בָּרְכִי נַפְשִׁי אֶת־יְיָ וְכָל־קְרָבַי אֶת־שֵׁם קָדְשׁוֹ:

הָאֵל בְּתַעֲצֻמוֹת עֻזֶּךָ: הַגָּדוֹל בִּכְבוֹד שְׁמֶךָ: הַגִּבּוֹר לָנֶצַח וְהַנּוֹרָא בְּנוֹרְאוֹתֶיךָ: הַמֶּלֶךְ הַיּוֹשֵׁב עַל כִּסֵּא רָם וְנִשָּׂא:

שׁוֹכֵן עַד מָרוֹם וְקָדוֹשׁ שְׁמוֹ· וְכָתוּב רַנְּנוּ צַדִּיקִים בַּיְיָ לַיְשָׁרִים נָאוָה תְהִלָּה: בְּפִי יְשָׁרִים תִּתְהַלָּל· וּבְדִבְרֵי צַדִּיקִים תִּתְבָּרַךְ· וּבִלְשׁוֹן חֲסִידִים תִּתְרוֹמָם· וּבְקֶרֶב קְדוֹשִׁים תִּתְקַדָּשׁ:

mercies have supported us, and thy kindness hath not forsaken us; and O Lord, our God! do never forsake us. And therefore the members of which thou hast branched out in us, the spirit and soul which thou hast breathed into our nostrils, and the tongue which thou hast placed in our mouth; lo! they shall continually give thanks, bless, praise, glorify, extol, reverence, sanctify, and ascribe sovereign power unto thy name, O our King! for every mouth shall adore thee, and every tongue swear fealty unto thee. Unto thee every knee shall bend; and those of *high* stature shall bow down before thee. Every heart shall fear thee; and the inward parts and reins shall sing praise unto thy name; as it is written. All my bones shall say, O Lord! who is like unto thee? "Who delivereth the poor from *one* of superior strength : the poor and needy from his oppressor." Who is like unto thee? who is equal unto thee? who can be compared unto thee, O thou, the great, mighty, and tremendous God! The most High God! possessor of heaven and earth. We will praise, adore, glorify, and bless thy holy name, as David said, " Bless the Lord, O my soul! and all that is within me, *bless* his holy name."

Thou art the God! who art mighty in thy strength! who art great by the glory of thy name! who art mighty for ever, and fearful by thy fearful deeds! the King! who sitteth on the high and exalted throne.

Who inhabiteth eternity, exalted and holy is his name; and it is written : "Rejoice in the Lord, O ye righteous, for to the upright praise is comely." With the mouth of the upright shalt thou be praised; blessed with the words of the righteous; extolled with the tongue of the pious; and sanctified in the midst of saints.

וּבְמַקְהֲלוֹת רִבְבוֹת עַמְּךָ בֵּית יִשְׂרָאֵל בְּרִנָּה יִתְפָּאַר שִׁמְךָ מַלְכֵּנוּ בְּכָל־דּוֹר וָדוֹר שֶׁכֵּן חוֹבַת כָּל־הַיְצוּרִים לְפָנֶיךָ יְיָ אֱלֹהֵינוּ וֵאלֹהֵי אֲבוֹתֵינוּ לְהוֹדוֹת לְהַלֵּל לְשַׁבֵּחַ לְפָאֵר לְרוֹמֵם לְהַדֵּר לְבָרֵךְ לְעַלֵּה וּלְקַלֵּס עַל כָּל־דִּבְרֵי שִׁירוֹת וְתִשְׁבְּחוֹת דָּוִד בֶּן־יִשַׁי עַבְדְּךָ מְשִׁיחֶךָ:

יִשְׁתַּבַּח שִׁמְךָ לָעַד מַלְכֵּנוּ הָאֵל הַמֶּלֶךְ הַגָּדוֹל וְהַקָּדוֹשׁ בַּשָּׁמַיִם וּבָאָרֶץ כִּי לְךָ נָאֶה יְיָ אֱלֹהֵינוּ וֵאלֹהֵי אֲבוֹתֵינוּ שִׁיר וּשְׁבָחָה הַלֵּל וְזִמְרָה עוֹז וּמֶמְשָׁלָה נֶצַח גְּדֻלָּה וּגְבוּרָה תְּהִלָּה וְתִפְאֶרֶת קְדֻשָּׁה וּמַלְכוּת בְּרָכוֹת וְהוֹדָאוֹת מֵעַתָּה וְעַד־עוֹלָם: בָּרוּךְ אַתָּה יְיָ אֵל מֶלֶךְ גָּדוֹל בַּתִּשְׁבָּחוֹת אֵל הַהוֹדָאוֹת אֲדוֹן הַנִּפְלָאוֹת הַבּוֹחֵר בְּשִׁירֵי זִמְרָה מֶלֶךְ אֵל חַי הָעוֹלָמִים:

וּבְכֵן וַיְהִי בַּחֲצִי הַלַּיְלָה:

| | |
|---|---|
| אָז רוֹב נִסִּים הִפְלֵאתָ | בַּלַּיְלָה: |
| בְּרֹאשׁ אַשְׁמוֹרֶת זֶה | הַלַּיְלָה: |
| גֵּר צֶדֶק נִצַּחְתּוֹ כְּנֶחֱלַק לוֹ | לַיְלָה: |

וַיְהִי בַּחֲצִי הַלַּיְלָה:

| | |
|---|---|
| דַּנְתָּ מֶלֶךְ גְּרָר בַּחֲלוֹם | הַלַּיְלָה: |

Also in the congregation of the tens of thousands of thy people, the house of Israel, shall thy name, O our King! be glorified throughout all generations; for such is the duty of every created being in thy presence, O Eternal, our God! and God of our fathers, to thank, praise, extol, glorify, exalt, ascribe glory, bless, magnify, and adore thee, even beyond all the songs and praises of thy servant David, the son of Jesse, thy anointed.

Thy name shall be praised for ever, our King! thou great, holy, and sovereign God, in heaven and on earth; for unto thee, O Eternal our God! and God of our fathers, appertain song and praise; hymn and psalm; strength and dominion; victory, power, and greatness; adoration and glory; holiness and majesty; blessings and thanksgivings, henceforth and even unto everlasting. Blessed art thou, O Eternal! God and King, great above all praises, the God of thanksgiving, the Lord of wonders, who findest delight in songs of psalmody, King, Almighty! who livest eternally.

And thus "it was at midnight."

Of old thou didst wondrously perform many miracles in the night.

At the beginning of the first watch of this night.

When thou didst cause Abraham, the righteous convert, to be victorious through the division of his band[1] at night.

It was at midnight.

Thou didst threaten *Abimelech*, the king of Gerar, in a dream of the night.[2]

---

[1] Gen. xiv. 15.    [2] Ibid. xx. 3.

הִפְחַדְתָּ אֲרַמִּי בְּאֶמֶשׁ לַיְלָה:
וַיָּשַׂר יִשְׂרָאֵל לְאֵל וַיּוּכַל לוֹ לַיְלָה:
וַיְהִי בַּחֲצִי הַלַּיְלָה:

זֶרַע בְּכוֹרֵי פַתְרוֹס מָחַצְתָּ בַּחֲצִי הַלַּיְלָה:
חֵילָם לֹא מָצְאוּ בְּקוּמָם בַּלַּיְלָה
טִיסַת נְגִיד חֲרוֹשֶׁת סִלִּיתָ בְכוֹכְבֵי לַיְלָה:
וַיְהִי בַּחֲצִי הַלַּיְלָה:

יָעַץ מְחָרֵף לְנוֹפֵף אִוּוּי הוֹבַשְׁתָּ פְגָרָיו בַּלַּיְלָה:
כָּרַע בֵּל וּמַצָּבוֹ בְּאִישׁוֹן לַיְלָה:
לְאִישׁ חֲמוּדוֹת נִגְלָה רָז חֲזוֹת לַיְלָה:
וַיְהִי בַּחֲצִי הַלַּיְלָה:

מִשְׁתַּכֵּר בִּכְלֵי קֹדֶשׁ נֶהֱרַג בּוֹ בַּלַּיְלָה:
נוֹשַׁע מִבּוֹר אֲרָיוֹת פּוֹתֵר בִּעֲתוּתֵי לַיְלָה:
שִׂנְאָה נָטַר אֲגָגִי וְכָתַב סְפָרִים בַּלַּיְלָה:
וַיְהִי בַּחֲצִי הַלַּיְלָה:

עוֹרַרְתָּ נִצְחֲךָ עָלָיו בְּנֶדֶד שְׁנַת לַיְלָה:
פּוּרָה תִדְרוֹךְ לְשׁוֹמֵר מַה מִּלַּיְלָה:
צָרַח כַּשּׁוֹמֵר וְשָׂח אָתָא בֹקֶר וְגַם לַיְלָה:
וַיְהִי בַּחֲצִי הַלַּיְלָה:

קָרֵב יוֹם אֲשֶׁר הוּא לֹא יוֹם וְלֹא לַיְלָה:
רָם הוֹדַע כִּי לְךָ יוֹם אַף לְךָ הַלַּיְלָה:

Thou didst terrify *Laban*, the Syrian, on the eve of *his meeting with Jacob*,[1]—in the night.

And Israel wrestled with the angel and prevailed against him, in the night.[2]

It was at midnight.

The first-born of the progeny of Patros[3] thou didst smite at midnight.

Their vigorous youth they found not, when they arose in that night.

The host of the prince of Haroseth,[4] thou didst trample down through the agency of the stars of the night.[5]

It was at midnight.

When the blaspheming Senachereb purposed to assail thine habitation, thou didst frustrate him through the dead carcases *of his host*,[6] in the night.

Bel and its image were hurled down in the darkness of the night.

To *Daniel*, the much beloved man,[7] was the mysterious vision revealed in the night.

It was at midnight.

*Belshazzar* who made himself drunken, out of the holy vessels,[8] was slain on that same night.

*Daniel*, who was saved from the lion's den, interpreted the terrifying dreams of the night.

*Haman* the Agagite, who cherished enmity, wrote *his* letters[9] *to exterminate the Jews*, at night.

It was at midnight.

Thou didst awaken against him thy all-conquering power by disturbing the sleep[10] *of the king*, at night.

Thou wilt tread the wine-press *for them who anxiously ask*, Watchman what of the night?[11]

Let *the Eternal*, the Watchman *of Israel*, cry out and say, The morning hath come as well as the night.[12]

It was at midnight.

O let the day *of redemption* approach, which shall be neither day nor night.[13]

Make known, O Most High! that thine is the day and thine also the night.[14]

שׁוֹמְרִים הַפְקֵד לְעִירְךָ כָּל־הַיּוֹם וְכָל־הַלַּיְלָה׃
תָּאִיר כְּאוֹר יוֹם חֶשְׁכַּת לַיְלָה׃
וַיְהִי בַּחֲצִי הַלַּיְלָה׃

ON THE SECOND NIGHT SAY—

וּבְכֵן וַאֲמַרְתֶּם זֶבַח פֶּסַח׃

אֹמֶץ גְּבוּרוֹתֶיךָ הִפְלֵאתָ בַּפֶּסַח׃
בְּרֹאשׁ כָּל מוֹעֲדוֹת נִשֵּׂאתָ פֶּסַח׃
גִּלִּיתָ לְאֶזְרָחִי חֲצוֹת לֵיל פֶּסַח׃
וַאֲמַרְתֶּם זֶבַח פֶּסַח׃

דְּלָתָיו דָּפַקְתָּ כְּחוֹם הַיּוֹם בַּפֶּסַח׃
הִסְעִיד נוֹצְצִים עֻגוֹת מַצּוֹת בַּפֶּסַח׃
וְאֶל־הַבָּקָר רָץ זֵכֶר לְשׁוֹר עֵרֶךְ פֶּסַח׃
וַאֲמַרְתֶּם זֶבַח פֶּסַח׃

זוֹעֲמוּ סְדוֹמִים וְלֹהֲטוּ בָּאֵשׁ פֶּסַח׃
חֻלַּץ לוֹט מֵהֶם וּמַצּוֹת אָפָה בְּקֵץ פֶּסַח׃
טִאטֵאתָ אַדְמַת מוֹף וְנוֹף בְּעָבְרְךָ בַּפֶּסַח׃
וַאֲמַרְתֶּם זֶבַח פֶּסַח׃

יָהּ רֹאשׁ כָּל־אוֹן מָחַצְתָּ בְּלֵיל שִׁמּוּר פֶּסַח׃
כַּבִּיר עַל־בֵּן בְּכוֹר פָּסַחְתָּ בְּדַם פֶּסַח׃
לְבִלְתִּי תֵּת מַשְׁחִית לָבֹא בִּפְתָחַי בַּפֶּסַח׃
וַאֲמַרְתֶּם זֶבַח פֶּסַח׃

Appoint watchmen to thy city, all day and all night.

Illumine, as with the light of day, the darkness of *our* night.

It was at midnight.

*On the Second Night say:*

YE SHALL SAY IT IS THE SACRIFICE OF THE PASSOVER.

Thy mighty power didst thou wonderfully display ON THE PASSOVER.

To be the chief of all the solemn feasts thou didst exalt THE PASSOVER.

Thou didst reveal to *Abraham*, the child of the East, the redemption which should be wrought at midnight, ON THE PASSOVER.[1]

YE SHALL SAY IT IS THE SACRIFICE OF THE PASSOVER.

Thou didst visit his door during the heat of the day,[2] ON THE PASSOVER.

He entertained the angels with unleavened cakes,[3] ON THE PASSOVER.

To the herd he ran and prepared *a calf*, a prototype of the sacrifice[4] OF THE PASSOVER.

YE SHALL SAY IT IS THE SACRIFICE OF THE PASSOVER.

The Sodomites incensed *God*, and were consumed with fire ON THE PASSOVER.

Lot was delivered from among them, and he baked unleavened cakes[5] ON THE PASSOVER.

Thou didst sweep the land of Moph and Noph,[6] when thou didst pass through it, ON THE PASSOVER.

YE SHALL SAY IT IS THE SACRIFICE OF THE PASSOVER.

Lord, thou didst smite the head of every first-born on the night of the observance OF THE PASSOVER.

Yet didst thou, the Omnipotent, pass over Israel, *thy* first-born son, when *thou sawest* the blood[7] of the SACRIFICE OF THE PASSOVER.

And didst not suffer the destroyer to enter within my doors, ON THE PASSOVER.

YE SHALL SAY IT IS THE SACRIFICE OF THE PASSOVER.

מְסֻגֶּרֶת סֻגָּרָה בְּעִתּוֹתֵי פֶּסַח׃
נִשְׁמְדָה מִדְיָן בִּצְלִיל שְׂעוֹרֵי עֹמֶר פֶּסַח׃
שֹׂרְפוּ מִשְׁמַנֵּי פּוּל וְלוּד בִּיקַד יְקוֹד פֶּסַח׃
וַאֲמַרְתֶּם זֶבַח פֶּסַח׃

עוֹד הַיּוֹם בְּנֹב לַעֲמוֹד עַד גָּעָה עוֹנַת פֶּסַח׃
פַּס יָד כָּתְבָה לְקַעֲקֵעַ צוּל בַּפֶּסַח׃
צָפֹה הַצָּפִית עָרוֹךְ הַשֻּׁלְחָן בַּפֶּסַח׃
וַאֲמַרְתֶּם זֶבַח פֶּסַח׃

קָהָל כִּנְּסָה הֲדַסָּה לְשַׁלֵּשׁ צוֹם בַּפֶּסַח׃
רֹאשׁ מִבֵּית רָשָׁע מָחַצְתָּ בְּעֵץ חֲמִשִּׁים בַּפֶּסַח׃
שְׁתֵּי אֵלֶּה רֶגַע תָּבִיא לְעוּצִית בַּפֶּסַח׃
תָּעֹז יָדְךָ תָּרוּם יְמִינְךָ כְּלֵיל הִתְקַדֵּשׁ חַג פֶּסַח׃
וַאֲמַרְתֶּם זֶבַח פֶּסַח׃

כִּי לוֹ נָאֶה · כִּי לוֹ יָאֶה׃ אַדִּיר בִּמְלוּכָה · בָּחוּר כַּהֲלָכָה · גְּדוּדָיו יֹאמְרוּ לוֹ · לְךָ וּלְךָ · לְךָ כִּי לְךָ · לְךָ אַף לְךָ · לְךָ יְיָ הַמַּמְלָכָה׃ כִּי לוֹ נָאֶה · כִּי לוֹ יָאֶה׃ דָּגוּל בִּמְלוּכָה · הָדוּר כַּהֲלָכָה · וָתִיקָיו יֹאמְרוּ לוֹ · לְךָ וּלְךָ · לְךָ כִּי לְךָ · לְךָ אַף לְךָ · לְךָ יְיָ הַמַּמְלָכָה׃ כִּי לוֹ

*Jericho* when closely shut up,[8] was taken at the season OF THE PASSOVER.

Midian was destroyed by the cake of barley bread[9] made from the Omer[10] OF THE PASSOVER.

The fat ones of Pul and Lud[11] were to be burned in the blaze,[12] kindled ON THE PASSOVER.

YE SHALL SAY IT IS THE SACRIFICE OF THE PASSOVER.

The *Assyrian* still remained at Nob,[13] till the approach of the season OF THE PASSOVER.

The hand wrote the extermination of Babylon "the deep abyss,"[14] ON THE PASSOVER.

The "watch was then set," and "the table then spread"[15] ON THE PASSOVER.

YE SHALL SAY IT IS THE SACRIFICE OF THE PASSOVER.

Hadassah[16] assembled the congregation to fast three days[17] ON THE PASSOVER.

*Haman*, the head of a wicked house, thou didst destroy on a gallows fifty cubits high,[18] ON THE PASSOVER.

The double punishment[19] wilt thou in a moment bring on Uts[20] ON THE PASSOVER.

Thy hand will then shew itself omnipotent, and thy right hand be exalted as on the night when was sacrified THE FESTIVAL OF THE PASSOVER.

YE SHALL SAY IT IS THE SACRIFICE OF THE PASSOVER.

To him *praise* is becoming: to him *praise* will always be becoming. He is all powerful in *his* kingdom; he is essentially supreme: his angelic hosts thus say unto him' Thine and thine only, thine, yea thine, thine, surely thine, thine, O Eternal! is the sovereignty. To him *praise* is becoming: to him *praise* will always be becoming. He is most exalted in *his* kingdom, he is essentially most glorious, his ministrants thus say unto him, Thine, and thine only, thine, yea thine, thine, surely thine, O Eternal! is the sovereignty. To him *praise* is becoming, to him

נָאֶה · כִּי לוֹ יָאֶה: זַכַּאי בִּמְלוּכָה · חָסִין
כַּהֲלָכָה · טַפְסְרָיו יֹאמְרוּ לוֹ · לְךָ וּלְךָ · לְךָ כִּי
לְךָ · לְךָ אַף לְךָ · לְךָ יְיָ הַמַּמְלָכָה: כִּי לוֹ
נָאֶה · כִּי לוֹ יָאֶה: יָחִיד בִּמְלוּכָה · כַּבִּיר
כַּהֲלָכָה · לִמּוּדָיו יֹאמְרוּ לוֹ · לְךָ וּלְךָ · לְךָ כִּי
לְךָ · לְךָ אַף לְךָ · לְךָ יְיָ הַמַּמְלָכָה: כִּי לוֹ
נָאֶה · כִּי לוֹ יָאֶה · מוֹשֵׁל בִּמְלוּכָה · נוֹרָא
כַּהֲלָכָה · סְבִיבָיו יֹאמְרוּ לוֹ · לְךָ וּלְךָ · לְךָ כִּי
לְךָ · לְךָ אַף לְךָ · לְךָ יְיָ הַמַּמְלָכָה: כִּי לוֹ
נָאֶה · כִּי לוֹ יָאֶה: עָנָיו בִּמְלוּכָה · פּוֹדֶה
כַּהֲלָכָה · צַדִּיקָיו יֹאמְרוּ לוֹ · לְךָ וּלְךָ · לְךָ כִּי
לְךָ · לְךָ אַף לְךָ · לְךָ יְיָ הַמַּמְלָכָה: כִּי לוֹ
נָאֶה · כִּי לוֹ יָאֶה: קָדוֹשׁ בִּמְלוּכָה · רַחוּם
כַּהֲלָכָה: שִׁנְאַנָּיו יֹאמְרוּ לוֹ · לְךָ וּלְךָ · לְךָ כִּי
לְךָ · לְךָ אַף לְךָ · לְךָ יְיָ הַמַּמְלָכָה: כִּי לוֹ
נָאֶה · כִּי לוֹ יָאֶה: תַּקִּיף בִּמְלוּכָה · תּוֹמֵךְ
כַּהֲלָכָה · תְּמִימָיו יֹאמְרוּ לוֹ · לְךָ וּלְךָ · לְךָ כִּי
לְךָ · לְךָ אַף לְךָ: לְךָ יְיָ הַמַּמְלָכָה: כִּי לוֹ
נָאֶה · כִּי לוֹ יָאֶה:

*praise* will always be becoming. He is most pure in *his* kingdom, he is essentially the most mighty, his archangels thus say unto him: Thine, and thine only; thine, yea, thine; thine, surely thine; thine, O Eternal, is the sovereignty! To him *praise* is becoming, to him *praise* will always be becoming. He is unique in *his* kingdom, he is essentially all-potent, his servitors thus say unto him: Thine, and thine only; thine, yea, thine; thine, surely thine; thine, O Eternal, is the sovereignty! To him *praise* is becoming, to him *praise* will always be becoming. He is the supreme ruler in *his* kingdom, he is essentially most awful, his surrounding hosts thus say unto him: Thine, and thine only; thine, yea, thine; thine, surely thine; thine, O Eternal, is the sovereignty. To him *praise* is becoming, to him *praise* will always be becoming. He is the most meek in *his* kingdom, he is essentially a redeemer, his righteous ones thus say unto him: Thine, and thine only; thine, yea, thine; thine, surely thine; thine, O Eternal, is the sovereignty. To him *praise* is becoming, to him *praise* will always be becoming. He is most holy in his kingdom, he is essentially most merciful, his bright "Shinanim,"[1] thus say unto him: Thine, and thine only; thine, yea, thine; thine, surely thine; thine, O Eternal, is the sovereignty. To him *praise* is becoming, to him *praise* will always be becoming. He is Almighty in his kingdom, he is esentially the upholder, of all his perfect ones who thus say unto him: Thine, and thine only; thine, yea, thine; thine, O Eternal, is the sovereignty. To him *praise* is becoming, to him praise will always be becoming.

[1] An order of angels.

לְשָׁנָה הַבָּאָה בִּירוּשָׁלָיִם:

בָּרוּךְ אַתָּה יְיָ אֱלֹהֵינוּ מֶלֶךְ הָעוֹלָם · בּוֹרֵא
פְּרִי הַגָּפֶן:

Drink the fourth cup of wine and say:—

בָּרוּךְ אַתָּה יְיָ אֱלֹהֵינוּ מֶלֶךְ הָעוֹלָם · עַל הַגֶּפֶן
וְעַל פְּרִי הַגֶּפֶן וְעַל תְּנוּבַת הַשָּׂדֶה וְעַל אֶרֶץ
חֶמְדָּה טוֹבָה וּרְחָבָה שֶׁרָצִיתָ וְהִנְחַלְתָּ לַאֲבוֹתֵינוּ
לֶאֱכוֹל מִפִּרְיָהּ וְלִשְׂבּוֹעַ מִטּוּבָהּ · רַחֵם יְיָ אֱלֹהֵינוּ
עַל יִשְׂרָאֵל עַמֶּךָ וְעַל יְרוּשָׁלַיִם עִירֶךָ · וְעַל צִיּוֹן
מִשְׁכַּן כְּבוֹדֶךָ · וְעַל מִזְבְּחֶךָ · וְעַל הֵיכָלֶךָ · וּבְנֵה
יְרוּשָׁלַיִם עִיר הַקֹּדֶשׁ · בִּמְהֵרָה בְיָמֵינוּ · וְהַעֲלֵנוּ
לְתוֹכָהּ · וְשַׂמְּחֵנוּ בְּבִנְיָנָהּ · וְנֹאכַל מִפִּרְיָהּ ·
וְנִשְׂבַּע מִטּוּבָהּ · וּנְבָרֶכְךָ עָלֶיהָ בִּקְדֻשָּׁה וּבְטָהֳרָה ·
(On Sabbath add וּרְצֵה וְהַחֲלִיצֵנוּ בְּיוֹם הַשַּׁבָּת הַזֶּה)
וְשַׂמְּחֵנוּ בְּיוֹם חַג הַמַּצּוֹת הַזֶּה: כִּי אַתָּה יְיָ
טוֹב וּמֵטִיב לַכֹּל וְנוֹדֶה לְךָ עַל הָאָרֶץ וְעַל
פְּרִי הַגָּפֶן · בָּרוּךְ אַתָּה יְיָ עַל הָאָרֶץ וְעַל פְּרִי
הַגָּפֶן:

O grant that next year we may be in Jerusalem!

Blessed art thou, O Eternal, our God, King of the universe, creator of the vine.

Blessed art thou, O Eternal, our God, King of the universe, for the vine, and for the fruit of the vine, and for the produce of the field; and for that desirable, good, and ample land which thou wast pleased to cause our ancestors to inherit, to eat of the fruit, and be satisfied with its goodness. Have compassion, O Eternal, our God, upon us, and upon Israel thy people, and upon Jerusalem thy city, and upon Zion, the residence of thy glory, and upon thy altar and thy temple : and rebuild Jerusalem, the holy city, speedily, in our days. Cause to go up thither, and let us there rejoice on this (*on Sabbath add*, Sabbath-day, and this) day of the Feast of Unleavened bread, for thou, O Eternal, our God, art good and beneficent unto all, and therefore do we give thanks unto thee for the land, and for the fruit of the vine. Blessed art thou, O Eternal, for the land, and for the fruit of the vine.

# נרצה ׃

PRAY FOR THE DIVINE ACCEPTANCE OF THE SERVICE.

חֲסַל סִדּוּר פֶּסַח כְּהִלְכָתוֹ ׀ בְּכָל מִשְׁפָּטוֹ וְחֻקָּתוֹ ׃

כַּאֲשֶׁר זָכִינוּ לְסַדֵּר אֹתוֹ ׀ כֵּן נִזְכֶּה לַעֲשׂוֹתוֹ ׃

זָךְ שׁוֹכֵן מְעוֹנָה ׀ קוֹמֵם קְהַל מִי מָנָה ׃

בְּקָרוֹב נַהֵל נִטְעֵי כַנָּה ׀ פְּדוּיִם לְצִיּוֹן בְּרִנָּה ׃

אַדִּיר הוּא ׀ יִבְנֶה בֵיתוֹ בְּקָרוֹב ׀ בִּמְהֵרָה ׀

בִּמְהֵרָה ׀ בְּיָמֵינוּ בְּקָרוֹב ׀ אֵל בְּנֵה ׀ אֵל בְּנֵה ׀

בְּנֵה בֵיתְךָ בְּקָרוֹב ׃ בָּחוּר הוּא ׀ גָּדוֹל הוּא ׀

דָּגוּל הוּא ׀ יִבְנֶה בֵיתוֹ בְּקָרוֹב ׀ בִּמְהֵרָה ׀

בִּמְהֵרָה ׀ בְּיָמֵינוּ בְּקָרוֹב ׀ אֵל בְּנֵה ׀ אֵל

בְּנֵה ׀ בְּנֵה בֵיתְךָ בְּקָרוֹב ׃ הָדוּר הוּא ׀ וָתִיק

הוּא ׀ זַכַּאי הוּא ׀ חָסִיד הוּא ׀ יִבְנֶה בֵיתוֹ בְּקָרוֹב ׀

בִּמְהֵרָה ׀ בִּמְהֵרָה ׀ בְּיָמֵינוּ בְּקָרוֹב ׀ אֵל בְּנֵה ׀

אֵל בְּנֵה ׀ בְּנֵה בֵיתְךָ בְּקָרוֹב ׃ טָהוֹר הוּא ׀

יָחִיד הוּא ׀ יִבְנֶה בֵיתוֹ בְּקָרוֹב ׀ בִּמְהֵרָה ׀

בִּמְהֵרָה ׀ בְּיָמֵינוּ בְּקָרוֹב ׀ אֵל בְּנֵה ׀ אֵל בְּנֵה ׀

בְּנֵה בֵיתְךָ בְּקָרוֹב ׃ כַּבִּיר הוּא ׀ לָמוּד הוּא ׀

מֶלֶךְ הוּא ׀ יִבְנֶה בֵיתוֹ בְּקָרוֹב ׀ בִּמְהֵרָה ׀

## PRAY FOR THE DIVINE ACCEPTANCE OF THE SERVICE.

The commemorative service of the Passover has now been accomplished according to its constitution, *and according* to the ordinance and statute of the feast. As we have been deemed deserving *by Thee* to be thus enabled to solemnize it now, grant also that we may be deemed worthy to fulfil the actual observance *of the precept.* *To this end*, do thou, O Most Pure, who dwellest on high, raise up the congregation of *Israel,* " the innumerable," *and* hasten to conduct us, the " the plants of thy vineyard," once more redeemed unto Zion with exulting song.

Oh, may He who is most mighty soon rebuild his house; speedily, speedily, soon, in our days; O God! rebuild it, O God! rebuild it, rebuild thine house betimes. Oh, may He who is the supreme, the greatest and most exalted, soon rebuild his house; speedily, speedily, soon, in our days; O God! rebuild it, O God! rebuild it, rebuild thine house betimes. May He who is all-honoured and all-worthy, most immaculate and merciful, soon, rebuild his house; speedily, speedily, soon, in our days; O God! rebuild it, O God! rebuild it, rebuild thine house betimes. May He who is most pure, the sole *God*, soon, rebuild his house; speedily, speedily, soon, in our days; O God! rebuild it, O God! rebuild it, rebuild thine house betimes. May He who is the all-powerful, the omniscient and all-ruling, soon, rebuild his house; speedily, speedily, soon, in our days, O God; rebuild it, O God! rebuild it,

בִּמְהֵרָה · בְּיָמֵינוּ בְּקָרוֹב · אֵל בְּנֵה · אֵל בְּנֵה
בְּנֵה בֵיתְךָ בְּקָרוֹב: נָאוֹר הוּא · סַגִּיב הוּא ·
עִזּוּז הוּא · יִבְנֶה בֵיתוֹ בְּקָרוֹב · בִּמְהֵרָה ·
בִּמְהֵרָה · בְּיָמֵינוּ בְּקָרוֹב · אֵל בְּנֵה: אֵל בְּנֵה:
בְּנֵה בֵיתְךָ בְּקָרוֹב: פּוֹדֶה הוּא · צַדִּיק הוּא ·
קָדוֹשׁ הוּא · יִבְנֶה בֵיתוֹ בְּקָרוֹב · בִּמְהֵרָה · בִּמְהֵרָה ·
בְּיָמֵינוּ בְּקָרוֹב · אֵל בְּנֵה · אֵל בְּנֵה · בְּנֵה בֵיתְךָ
בְּקָרוֹב: רַחוּם הוּא · שַׁדַּי הוּא · תַּקִּיף הוּא · יִבְנֶה
בֵיתוֹ בְּקָרוֹב · בִּמְהֵרָה · בִּמְהֵרָה · בְּיָמֵינוּ בְּקָרוֹב ·
אֵל בְּנֵה · אֵל בְּנֵה · בְּנֵה בֵיתְךָ בְּקָרוֹב:

*For Jewish-German translation of the above, see page 52.*

---

## COUNTING THE "OMER."

*On the Second Night of the Festival the following, until* בְּתוֹרָתֶךָ, *is said.*

בָּרוּךְ אַתָּה יְיָ אֱלֹהֵינוּ מֶלֶךְ הָעוֹלָם · אֲשֶׁר קִדְּשָׁנוּ
בְּמִצְוֹתָיו · וְצִוָּנוּ עַל סְפִירַת הָעוֹמֶר:

הַיּוֹם יוֹם אֶחָד לָעוֹמֶר:

יְהִי רָצוֹן מִלְּפָנֶיךָ יְיָ אֱלֹהֵינוּ וֵאלֹהֵי אֲבוֹתֵינוּ ·
שֶׁיִּבָּנֶה בֵּית הַמִּקְדָּשׁ בִּמְהֵרָה בְיָמֵנוּ · וְתֵן חֶלְקֵנוּ
בְּתוֹרָתֶךָ:

rebuild thine house betimes. May he who is the most glorious and elevated, the God of strength, soon, rebuild his house; speedily, speedily, soon, in our days; O God! rebuild it, O God! rebuild it, rebuild thine house betimes. May He who is the redeemer, the all-righteous, the most holy, soon, rebuild his house, speedily, speedily, soon, in our days, O God! rebuild it, O God! rebuild it, rebuild thine house betimes. May He who is the most compassionate, the Almighty, all-potent, soon rebuild his house, speedily, speedily, soon, in our days, O God! rebuild it, O God! rebuild it, rebuild thine house betimes.

*For Jewish-German translation of the above, see page 5*

---

## COUNTING THE "OMER."[1]

*On the Second Night of the Festival the following, until "thy law," is said.*

Blessed art thou, O Eternal, our God! King of the universe, who hath sanctified us with thy commandments, and commanded us to count the days of the "Omer."

This is the First Day of the "Omer."

May it be thy will, O Eternal, our God! and the God of our ancestors, speedily to rebuild thy temple in our day, and to grant us our portion in thy law.

[1] A measure of barley which we were commanded to bring as a wave-offering on the morning after the Passover. Lev. xxiii. 15. From this period we numbered seven weeks, at the termination of which the Feast of Weeks was solemnised.

אֶחָד מִי יוֹדֵעַ · אֶחָד אֲנִי יוֹדֵעַ · אֶחָד אֱלֹהֵינוּ
שֶׁבַּשָּׁמַיִם וּבָאָרֶץ :

שְׁנַיִם מִי יוֹדֵעַ · שְׁנַיִם אֲנִי יוֹדֵעַ · שְׁנֵי לֻחוֹת
הַבְּרִית · אֶחָד אֱלֹהֵינוּ שֶׁבַּשָּׁמַיִם וּבָאָרֶץ :

שְׁלֹשָׁה מִי יוֹדֵעַ · שְׁלֹשָׁה אֲנִי יוֹדֵעַ · שְׁלֹשָׁה
אָבוֹת · שְׁנֵי לֻחוֹת הַבְּרִית · אֶחָד אֱלֹהֵינוּ שֶׁבַּשָּׁמַיִם
וּבָאָרֶץ :

אַרְבַּע מִי יוֹדֵעַ · אַרְבַּע אֲנִי יוֹדֵעַ · אַרְבַּע אִמָּהוֹת ·
שְׁלֹשָׁה אָבוֹת · שְׁנֵי לֻחוֹת הַבְּרִית · אֶחָד אֱלֹהֵינוּ
שֶׁבַּשָּׁמַיִם וּבָאָרֶץ :

חֲמִשָּׁה מִי יוֹדֵעַ · חֲמִשָּׁה אֲנִי יוֹדֵעַ · חֲמִשָּׁה חֻמְשֵׁי
תוֹרָה · אַרְבַּע אִמָּהוֹת · שְׁלֹשָׁה אָבוֹת · שְׁנֵי לֻחוֹת
הַבְּרִית · אֶחָד אֱלֹהֵינוּ שֶׁבַּשָּׁמַיִם וּבָאָרֶץ :

שִׁשָּׁה מִי יוֹדֵעַ · שִׁשָּׁה אֲנִי יוֹדֵעַ · שִׁשָּׁה סִדְרֵי
מִשְׁנָה · חֲמִשָּׁה חֻמְשֵׁי תוֹרָה · אַרְבַּע אִמָּהוֹת ·
שְׁלֹשָׁה אָבוֹת · שְׁנֵי לֻחוֹת הַבְּרִית · אֶחָד אֱלֹהֵינוּ
שֶׁבַּשָּׁמַיִם וּבָאָרֶץ :

שִׁבְעָה מִי יוֹדֵעַ · שִׁבְעָה אֲנִי יוֹדֵעַ · שִׁבְעָה יְמֵי
שַׁבַּתָּא · שִׁשָּׁה סִדְרֵי מִשְׁנָה · חֲמִשָּׁה חֻמְשֵׁי תוֹרָה ·

Who knoweth one?   I, *saith Israel,* know One: ONE IS GOD, who is over heaven and earth.

Who knoweth two?   I, *saith Israel,* know two: *there are* TWO TABLES OF THE COVENANT; but ONE is our God who is over heaven and earth.

Who knoweth three?   I, *saith Israel,* know three: *there are* THREE PATRIARCHS,[1] the two tables of the covenant; but ONE is our God who is over heaven and earth.

Who knoweth four?   I, *saith Israel,* know four: *there are* the FOUR MATRONS,[2] three patriarchs, two tables of the covenant; but ONE is our God who made heaven and earth.

Who knoweth five?   I, *saith Israel,* know five: *there are* FIVE BOOKS OF MOSES, four matrons, three patriarchs, two tables of the covenant; but ONE is our God who is over heaven and earth.

Who knoweth six?   I, *saith Israel,* know six: *there are* SIX BOOKS OF THE MISHNA,[3] five books of the Law, four matrons, three patriarchs, two tables of the covenant; but ONE is our God who is over heaven and earth.

Who knoweth seven?   I, *saith Israel,* know seven: *there are* SEVEN DAYS IN THE WEEK, six books of the

---

[1] Abraham, Isaac, and Jacob.

[2] Sarah, Rebecca, Rachel, and Leah.

[3] Or, "orders," viz., Zeraim, Moed, Nashim, Nezekim, Kedoshim, Taanith.

אַרְבַּע אִמָּהוֹת · שְׁלֹשָׁה אָבוֹת · שְׁנֵי לֻחוֹת הַבְּרִית ׃ אֶחָד אֱלֹהֵינוּ שֶׁבַּשָּׁמַיִם וּבָאָרֶץ ׃

שְׁמוֹנָה מִי יוֹדֵעַ · שְׁמוֹנָה אֲנִי יוֹדֵעַ · שְׁמוֹנָה יְמֵי מִילָה · שִׁבְעָה יְמֵי שַׁבַּתָּא · שִׁשָּׁה סִדְרֵי מִשְׁנֶה · חֲמִשָּׁה חֻמְשֵׁי תוֹרָה · אַרְבַּע אִמָּהוֹת · שְׁלֹשָׁה אָבוֹת שְׁנֵי לֻחוֹת הַבְּרִית · אֶחָד אֱלֹהֵינוּ שֶׁבַּשָּׁמַיִם וּבָאָרֶץ ׃

תִּשְׁעָה מִי יוֹדֵעַ · תִּשְׁעָה אֲנִי יוֹדֵעַ · תִּשְׁעָה יַרְחֵי לֵידָה · שְׁמֹנָה יְמֵי מִילָה · שִׁבְעָה יְמֵי שַׁבַּתָּא · שִׁשָּׁה סִדְרֵי מִשְׁנֶה · חֲמִשָּׁה חֻמְשֵׁי תוֹרָה · אַרְבַּע אִמָּהוֹת · שְׁלֹשָׁה אָבוֹת · שְׁנֵי לֻחוֹת הַבְּרִית ׃ אֶחָד אֱלֹהֵינוּ שֶׁבַּשָּׁמַיִם וּבָאָרֶץ ׃

עֲשָׂרָה מִי יוֹדֵעַ · עֲשָׂרָה אֲנִי יוֹדֵעַ · עֲשָׂרָה דִּבְּרַיָּא · תִּשְׁעָה יַרְחֵי לֵידָה · שְׁמוֹנָה יְמֵי מִילָה · שִׁבְעָה יְמֵי שַׁבַּתָּא · שִׁשָּׁה סִדְרֵי מִשְׁנֶה · חֲמִשָּׁה חֻמְשֵׁי תוֹרָה · אַרְבַּע אִמָּהוֹת · שְׁלֹשָׁה אָבוֹת · שְׁנֵי לֻחוֹת הַבְּרִית · אֶחָד אֱלֹהֵינוּ שֶׁבַּשָּׁמַיִם וּבָאָרֶץ ׃

אַחַד עָשָׂר מִי יוֹדֵעַ · אַחַד עָשָׂר אֲנִי יוֹדֵעַ · אַחַד עָשָׂר כּוֹכְבַיָּא · עֲשָׂרָה דִּבְּרַיָּא · תִּשְׁעָה יַרְחֵי לֵידָה ׃

Mishnah, five books of the Law, four matrons, three patriarchs, two tables of covenant; but ONE is our God who is over heaven and earth.

Who knoweth eight? I, *saith Israel*, know eight. *there are* EIGHT DAYS PRECEDING CIRCUMCISION, seven days in the week, six books of the Mishnah, five books of the Law, four matrons, threee patriarchs, two tables of the covenant; but ONE is our God who is over heaven and earth.

Who knoweth nine? I, *saith Israel*, know nine : NINE MONTHS PRECEDING CHILD-BIRTH, eight days preceding circumcision, seven days in the week, six books of the Mishnah, five books of the Law, four matrons, three patriarchs, two tables of the covenant; but ONE is our God who is over heaven and earth.

Who knoweth ten? I, *saith Israel*, know ten : *there are* TEN COMMANDMENTS, nine months preceding child-birth, eight days preceding circumcision, seven days in the week, six books of the Mishnah, five books of the Law, four matrons, three patriarchs, two tables of the covenant; but ONE is our God who is over heaven and earth.

Who knoweth eleven? I, *saith Israel*, know eleven :

שְׁמוֹנָה יְמֵי מִילָה · שִׁבְעָה יְמֵי שַׁבַּתָּא · שִׁשָּׁה סִדְרֵי מִשְׁנָה · חֲמִשָּׁה חֻמְשֵׁי תוֹרָה · אַרְבַּע אִמָּהוֹת · שְׁלֹשָׁה אָבוֹת · שְׁנֵי לֻחוֹת הַבְּרִית · אֶחָד אֱלֹהֵינוּ שֶׁבַּשָּׁמַיִם וּבָאָרֶץ:

שְׁנֵים עָשָׂר מִי יוֹדֵעַ · שְׁנֵים עָשָׂר אֲנִי יוֹדֵעַ · שְׁנֵים עָשָׂר שִׁבְטַיָּא · אַחַד עָשָׂר כּוֹכְבַיָּא · עֲשָׂרָה דִּבְּרַיָּא · תִּשְׁעָה יַרְחֵי לֵידָה · שְׁמוֹנָה יְמֵי מִילָה · שִׁבְעָה יְמֵי שַׁבַּתָּא · שִׁשָּׁה סִדְרֵי מִשְׁנָה · חֲמִשָּׁה חֻמְשֵׁי תוֹרָה · אַרְבַּע אִמָּהוֹת · שְׁלֹשָׁה אָבוֹת · אֶחָד אֱלֹהֵינוּ שֶׁבַּשָּׁמַיִם וּבָאָרֶץ:

שְׁלֹשָׁה עָשָׂר מִי יוֹדֵעַ · שְׁלֹשָׁה עָשָׂר אֲנִי יוֹדֵעַ · שְׁלֹשָׁה עָשָׂר מִדַּיָּא · שְׁנֵים עָשָׂר שִׁבְטַיָּא · אַחַד עָשָׂר כּוֹכְבַיָּא · עֲשָׂרָה דִּבְּרַיָּא · תִּשְׁעָה יַרְחֵי לֵידָה · שְׁמוֹנָה יְמֵי מִילָה · שִׁבְעָה יְמֵי שַׁבַּתָּא · שִׁשָּׁה סִדְרֵי מִשְׁנָה · חֲמִשָּׁה חֻמְשֵׁי תוֹרָה · אַרְבַּע אִמָּהוֹת · שְׁלֹשָׁה אָבוֹת · שְׁנֵי לֻחוֹת הַבְּרִית · אֶחָד אֱלֹהֵינוּ שֶׁבַּשָּׁמַיִם וּבָאָרֶץ:

*there are* ELEVEN STARS,[1] ten commandments, nine months preceding child-birth, eight days preceding circumcision, seven days in the week, six books in the Mishnah, five books of the Law, four matrons, three patriarchs, two tables of the covenant; but ONE is our God who is **over** heaven and earth.

Who knoweth twelve? I, *saith Israel*, know twelve: *there are* TWELVE TRIBES, eleven stars, ten commandments, nine months preceding child-birth, eight days preceding circumcision, seven days in the week, six books of the Law, four matrons, three patriarchs, two tables of the covenant; but ONE is our God who is over the heavens and the earth.

Who knoweth thirteen? I, *saith Israel*, know thirteen : THIRTEEN DIVINE ATTRIBUTES, twelve tribes, eleven stars, ten commandments, nine months preceding child-birth, eight days preceding circumcision, seven days in the week, six books of the Mishnah, five books of the Law, four matrons, three patriarchs, two tables of the covenant ; but ONE is our God who is over the heavens and the earth.

[1] Described in Joseph's dream.

חַד גַּדְיָא חַד גַּדְיָא דְזַבִּין אַבָּא בִּתְרֵי זוּזֵי · חַד
גַּדְיָא חַד גַּדְיָא :

וְאָתָא שׁוּנְרָא · וְאָכְלָה לְגַדְיָא · דְזַבִּין אַבָּא בִּתְרֵי
זוּזֵי · חַד גַּדְיָא חַד גַּדְיָא :

וְאָתָא כַלְבָּא · וְנָשַׁךְ לְשׁוּנְרָא · דְּאָכְלָה לְגַדְיָא ·
דְזַבִּין אַבָּא בִּתְרֵי זוּזֵי · חַד גַּדְיָא חַד גַּדְיָא :

וְאָתָא חוּטְרָא · וְהִכָּא לְכַלְבָּא · דְּנָשַׁךְ לְשׁוּנְרָא ·
דְּאָכְלָה לְגַדְיָא · דְזַבִּין אַבָּא בִּתְרֵי זוּזֵי · חַד גַּדְיָא
חַד גַּדְיָא :

וְאָתָא נוּרָא · וְשָׂרַף לְחוּטְרָא · דְּהִכָּא לְכַלְבָּא ·
דְּנָשַׁךְ לְשׁוּנְרָא · דְּאָכְלָה לְגַדְיָא · דְזַבִּין אַבָּא בִּתְרֵי
זוּזֵי · חַד גַּדְיָא חַד גַּדְיָא :

וְאָתָא מַיָּא · וְכָבָא לְנוּרָא · דְּשָׂרַף לְחוּטְרָא ·
דְּהִכָּא לְכַלְבָּא · דְּנָשַׁךְ לְשׁוּנְרָא · דְּאָכְלָה לְגַדְיָא ·
דְזַבִּין אַבָּא בִּתְרֵי זוּזֵי · חַד גַּדְיָא חַד גַּדְיָא :

One *only* kid,[1] one *only* kid, which my father bought for two zuzim ;[2] one *only* kid, one *only* kid.

And a cat[3] came and devoured[4] the kid, which my father bought for two zuzim ; one *only* kid, one *only* kid.

And a dog[5] came and bit the cat, which had devoured the kid, which my father bought for two zuzim ; one *only* kid, one *only* kid.

Then a staff[6] came and smote the dog, which had bitten the cat, which had devoured the kid, which my father bought for two zuzim ; one *only* kid, one *only* kid.

Then a fire[7] came, and burnt the staff, which had smitten the dog, which had bitten the cat, which had devoured the kid, which my father bought for two zuzim ; one *only* kid, one *only* kid.

Then water[8] came, and extinguished the fire, which had burnt the staff, which had smitten the dog, which had bitten the cat, which had devoured the kid, which my father bought for two zuzim ; one *only* kid, one *only* kid.

[1] This poem is generally regarded as a parable, descriptive of incidents in the history of the Jewish nation, with some reference to prophecies yet unfulfilled. More than one interpretation has been given to it, substantially differing from each other: the most popular is the one herein adopted.

[2] Referring to Israel, "the one peculiar people upon earth," which God "purchased" (Ex. xv. 16) for himself by means of the two precious tablets of the law.

[3] The cat refers to Babylon, whose symbol in Daniel's vision (Dan. vii. 4) is a Lion, but which the author rejects as unsuited to the parable, substituting the domestic member of the same family.

[4] "Devoured the kid," descriptive of the Babylonian captivity, which swallowed up Jewish nationality, A.M. 3338.

[5] The dog refers to Persia by whose power Babylon was overthrown, A.M. 3390.

[6] The staff refers to Greece which put an end to Persian domination, A.M. 3442.

[7] The fire refers to Rome, which spread devastation throughout the east by the extent of its conquests, and which put an end to the Grecian empire, A.M. 3592, when Perseus was defeated at the battle of Pydna.

[8] The water refers to the Turks, descendants of Ismael, by whom the Holy Land was wrested from the possession of Rome, A.M. 4398.

וְאָתָא תוֹרָא • וְשָׁתָא לְמַיָּא • דְּכָבָא לְנוּרָא •
דְּשָׂרַף לְחוּטְרָא • דְּהִכָּא לְכַלְבָּא • דְּנָשַׁךְ לְשׁוּנְרָא •
דְּאָכְלָה לְגַדְיָא • דְּזַבִּין אַבָּא בִּתְרֵי זוּזֵי • חַד גַּדְיָא
חַד גַּדְיָא :

וְאָתָא הַשׁוֹחֵט • וְשָׁחַט לְתוֹרָא • דְּשָׁתָא לְמַיָּא •
דְּכָבָא לְנוּרָא • דְּשָׂרַף לְחוּטְרָא : דְּהִכָּא לְכַלְבָּא •
דְּנָשַׁךְ לְשׁוּנְרָא • דְּאָכְלָה לְגַדְיָא • דְּזַבִּין אַבָּא בִּתְרֵי
זוּזֵי   חַד גַּדְיָא • חַד גַּדְיָא

וְאָתָא מַלְאַךְ הַמָּוֶת • וְשָׁחַט לְשׁוֹחֵט • דְּשָׁחַט
לְתוֹרָא • דְּשָׁתָא לְמַיָּא • דְּכָבָא לְנוּרָא • דְּשָׂרַף
לְחוּטְרָא • דְּהִכָּא לְכַלְבָּא : דְּנָשַׁךְ לְשׁוּנְרָא •
דְּאָכְלָה לְגַדְיָא • דְּזַבִּין אַבָּא בִּתְרֵי זוּזֵי • חַד גַּדְיָא •
חַד גַּדְיָא :

וְאָתָא הַקָּדוֹשׁ בָּרוּךְ הוּא • וְשָׁחַט לְמַלְאַךְ הַמָּוֶת
דְּשָׁחַט לְשׁוֹחֵט • דְּשָׁחַט לְתוֹרָא • דְּשָׁתָא לְמַיָּא •
דְּכָבָא לְנוּרָא • דְּשָׂרַף לְחוּטְרָא : דְּהִכָּא לְכַלְבָּא •
דְּנָשַׁךְ לְשׁוּנְרָא • דְּאָכְלָה לְגַדְיָא • דְּזַבִּין אַבָּא בִּתְרֵי
זוּזֵי • חַד גַּדְיָא • חַד גַּדְיָא :

Then the ox[1] came, and drank the water, which had extinguished the fire, which had burnt the staff, which had smitten the dog, which had bitten the cat, which had devoured the kid, which my father bought for two zuzim; one *only* kid, one *only* kid.

Then the slaughterer[2] came, and slaughtered the ox, which had drunk the water, which had extinguished the fire, which had burnt the staff, which had smitten the dog, which had bitten the cat, which had devoured the kid, which my father bought for two zuzim; one *only* kid, one *only* kid.

Then the angel of death[3] came, and slew the slaughterer, who had slaughtered the ox, which had drunk the water, which had extinguished the fire, which had burnt the staff, which had smitten the dog, which had bitten the cat, which had devoured the kid, which my father bought for two zuzim; one *only* kid, one *only* kid.

The came the Most Holy,[4] blessed be He, and slew the angel of death, who had slain the slaughterer, who had slaughtered the ox, which had drunk the water, which had burnt the staff, which had smitten the dog, which had bitten the cat, which had devoured the kid, which my father bought for two zuzim; one *only* kid, one *only* kid.

---

[1] The ox refers to Edom, by which term the European nations are designated. These will, in the latter days, go up against the Holy Land and wrest it from the possession of the descendants of Ismael. (See Abarbanel on Ezek. xxxix.)

[2] The slaughterer refers to the fearful war which will then succeed; when the confederated armies of Gog and Magog, Persia, Cush, and Pul will come up "like the tempest," to drive the sons of Edom from Palestine. (Ibid.)

[3] The angel of death refers to the pestilence which shall then occur, and in which all the enemies of Israel shall perish.

[4] The establishment of God's kingdom upon earth, when Israel shall be restored under the rule of Messiah the son of David.

# הגדה של פסח

*Jewish-German Translation of* אַדִּיר הוּא

אלמעכטינער גאט נון בויא דיין טעמפל שירה׳ אלזו שיר׳
אונד אלזו באלד אין אונזערן טאגען שירה׳ יוא שירה׳ נון
בויא נון בויא נון בויא דיין טעמפל שירה: בארמהערציגער
גאט נון בויא דיין טעמפל שירה׳ אלזו שיר׳ אונד אלזו
באלד אין אונזערן טאגען שירה׳ יוא שירה׳ נון בויא נון
בויא נון בויא דיין טעמפל שירה: גרושר גאט׳ דעמוטינר
אט נון בויא דיין טעמפל שירה׳ אלזו שיר׳ אונד אלג
באלד אין אונזערן טאגען שירה׳ יוא שירה׳ נון בויא נון
בויא נון בויא דיין טעמפל שירה: הוכיר גאט׳ ווערדינר
אט׳ זיסר גאט׳ העניטר גאט׳ נון בויא דיין טעמפל
שירה׳ אלזו שיר׳ אונד אלזו באלד אין אונזערן טאגען
שירה׳ יוא שירה׳ נון בויא נון בויא נון בויא דיין טעמפל
שירה: טונליכר גאט׳ יודשר גאט׳ נון בויא דיין טעמפל
שירה׳ אלזו שיר׳ אונד אלזו באלד אין אונזערן טאגען שירה
יוא שירה׳ נון בויא נון בויא נון בויא דיין טעמפל שירה°
כרעפטינר גאט׳ לעבענדינר גאט׳ מעכטינר גאט׳ נאמהאפטינר
גאט׳ סענפטינר גאט׳ עווינר גאט׳ נון בויא דיין טעמפל
שירה׳ אלזו שיר׳ אונד אלזו באלד אין אונזערן טאגען
שירה׳ יוא שירה׳ נון בויא נון בויא נון בויא דיין טעמפל
שירה: פורכטבארער גאט׳ צופערזיכטליכר גאט׳ קיניגליכער
גאט׳ רייכר גאט׳ נון בויא דיין טעמפל שירה׳ אלזו שיר:
אונד אלזו באלד אין אונזערן טאגען שירה׳ יוא שירה׳ נו
בויא נון בויא נון בויא דיין טעמפל שירה: שינר גאט׳
תרויטהאפטער גאט׳ נו בויא דיין טעמפל שירה׳ אלזו

# הגדה של פסח

שיר׳ אונד אלזו באלד אין אונזערן טאגן שירה׳ יוא שירה׳
נון בויא נון בויא נון בויא דיין טעמפל שירה: דוא ביזט
נאט אונד קיינער מעהר׳ נון בויא דיין טעמפל שירה׳ אלזו
שיר׳ אונד אלזו באלד אין אונזערן טאגען שירה׳ יוא שירה׳
נון בויא נון בויא נון דיין טעמפל שירה:

# NOTES

## ILLUSTRATING THE PRECEDING TRANSLATION.

Page 47.

1. Gen. xxxi. 25.
2. Ibid. xxxii. 25.
3. Egypt.
4. Judg. iv. 2.
5. Ibid. v. 20.
6. 2 Kings. xix. 25.
7. Dan. x. 11.
8. Dan. v. 3.
9. Esth. iii. 12, 13.
10. Esth. vi. 1.
11. Referring to Israel. Isa. xxi. 11.
12. Isa. xxi. 12.
13. Zech. xiv. 7.
14. Ps. lxxiv. 16.

Page 48.

1. It is stated in Pirké R. Eliezar chap. 28, that the covenant between the parts, which God made with Abraham, took place on the night of Passover.

2. Gen. xviii. 2. 3 Ibid. 6. 4. Ibid. 7.

5. Gen. xix. 3.

6. Applied to Egypt, Ezek. xxx. 13.

7 Exod. xii. 23.

Page 49.

8 Josh. vi. 1.

9. Judg. vii. 13.

10. The measure of barley ordered to be brought on the day succeeding the first day of Passover. See Note 1, page 52.

11. Applied to Assyria, 2 Kings xv. 19.

12. See Isa. x. 16. where the destruction of Assyria is prophecied.

13. Isa. x. 32. 14. So called Isa. xliv. 27.

15. Ibid. xxi. 5. 16. Esther; Esth. iv. 7.

17. Esth. iv. 16. 18. Ibid. vii. 9.

19. Bereavement and widowhood. Isa. xlvii. 9.

20. Assyria: here used as a type of all the nations among which Israel are persecuted in the present captivity.

www.ingramcontent.com/pod-product-compliance
Lightning Source LLC
Chambersburg PA
CBHW032151010726
47493CB00008BA/2661
* 9 7 8 3 3 3 7 7 3 4 6 5 7 *